SAINT-ALME.

OUVRAGES
DE
M. GORJY.

Qui se trouvent chez le meme Libraire.

BLANÇAY, 2 vol. *in*-18. br. 3 l. 12 s.

Le même, rel. veau écaillé. 5 l.

VICTORINE, 2 ol. in-18. br. 3 l. 12 s.

Le même, rel. veau écaillé. 5 l.

LIDORIE, 2 vol. *in*-18. br. 3 l. 12 s.

Le même, rel. veau écaillé. 5 l.

SAINT-ALME, 2 vol. in-18. br. 3 l. 12 s.

Le même, rel. veau écaillé. 5 l.

MÉMOIRE SUR LES DÉPOTS DE MENDICITÉ, in-8. br. 12 s.

NOUVEAU VOYAGE SENTI-MENTAL, 2 vol. in-18. br. 3 l. 12 s.

Le même, rel. veau écaillé. 5 l.

Tom. I.

Compos. et delin,

Gorjy.

Lettre 8.ᵉ Page 42.

SAINT-ALME.

PAR L'AUTEUR

DE BLANÇAY, etc.

PREMIÈRE PARTIE.

A PARIS,

Chez Guillot, Imprimeur, Libraire
de MONSIEUR, rue des Bernardins,
la première porte-cochère en face de
Saint Nicolas-du-Chardonnet.

---

1 *Juillet* 1790.

SAINT-ALME.

LETTRE PREMIÈRE.

De la Ville (1),

Le 17 Mai 1772.

TES craintes étaient fondées, mon cher Dorval ; ce luxe imposant qui attirait la confiance, n'était que l'abus

---

(1) Saint-Alme ne datait pas autrement les lettres qu'il écrivait de l'endroit où il faisait habituellement son séjour. J'imagine d'ailleurs que l'on ne me demandera pas le nom de cette ville ; on présumera que, si j'avais cru devoir le dire, je n'aurais pas attendu la question.

Tom. I.   A

(2)

du crédit : le faste d'un fripon impudent a dévoré, en quelques années, le fruit du travail d'une foule d'honnêtes gens, qui avaient consacré leur vie entière à assurer le repos de leur vieillesse, et qu'un seul instant réduit à une misère, dont plusieurs n'ont plus la possibilité de sortir.

Il y a six jours qu'il a pris la fuite, ce coquin de Satervil. On l'a sçu ici par le courier suivant ; mais c'est d'aujourd'hui seulement que j'en suis informé. J'étais encore fort malade : mon père a craint que la nouvelle de cet événement, et plus encore le parti qu'il a pris...... On prétend que Satervil, quoiqu'ayant énormément dépensé, emporte cependant encore beaucoup d'argent. Mon père s'est mis à sa poursuite. Il m'a donné le prétexte d'une course chez un ami ; et tout à l'heure on vient de me remettre de sa part, avec tous les ménagemens imaginables , une lettre par laquelle il m'instruit de son projet , mais sans aucun détail sur la route qu'il se propose de tenir, dans la crainte que , malgré le mauvais état de ma santé.... eh ! qui pourrait en effet me retenir loin du meilleur des pères ? Tu sais, mon cher ami, avec quelle tendresse je le chéris. Juge ce qu'il m'en coûte pour ne pas voler sur ses traces , pour être privé de la douceur de partager ses chagrins , ses peines , ses dangers. Il a cependant eu raison de prévoir que j'aurais pu les augmenter , et retarder sa course.

J'en ai la preuve en cet instant, mon cher Dorval. Une sueur froide m'avertit que ma foiblesse m'interdit une plus longue lettre. Adieu.

SAINT-ALME.

LETTRE II.

De la Ville,

O<small>H</small> ! combien on connaît plus les hommes en un seul jour d'infortune, que pendant des siècles de prospérité ! Mes amis.... Ceux à qui je donnais ce nom diminuent, chaque jour, le nombre et la longueur de leurs visites. On était empressé auprès du malade riche : mais un homme ruiné..... Sa santé n'intéresse plus. Il n'y a que toi, mon cher, mon bon ami, que rien ne fera changer.

(6)

Je suis bien sûr au contraire que mon malheur ajoutera à tes sentimens pour moi, comme l'épreuve que je fais des autres te rend plus cher, plus précieux que jamais à

SAINT-ALME.

LETTRE III.

De la Ville,
>> Le 22 Mai 1772.

JE ne t'ai point encore parlé de Sophie , parce qu'elle était à la campagne : et je ne voulais , ni te montrer sur elle des inquiétudes qui pouvaient être des outrages , ni annoncer une sécurité que je n'avais pas. Le malheureux devient défiant , et presque toujours sa défiance est justifiée. Sophie n'a point fait exception en ma faveur.

A l'instant même de l'événement,

un des jeunes gens avec lesquels j'étais le plus lié, est parti pour aller lui en faire part, et s'offrir en dédommagement. Ses vœux ont été accueillis : le mariage est arrêté.

On m'a renvoyé, redemandé lettres, chiffres, portraits. J'ai tout reçu, tout rendu. Je suis indigné, outré.... Juge à quel point, puisque t'écrire suspend à peine la colère de ton ami.

SAINT-ALME,

LETTRE. IV.

De la Ville,

Le 24 Mai 1772.

J'AI oublié de te dire, mon cher Dorval, que le petit domaine restera, quoiqu'il arrive, entièrement libre. Mon père et moi, nous aurions pu exister de son produit, en nous y fixant, en y vivant comme les fermiers que nous aurions remplacés. Ce serait le parti que mon père aurait pris, s'il avait pensé de même que moi. Je ne serais pas en proie au chagrin, à l'inquiétude cruelle

que me cause son absence. Sa tendresse m'auroit dédommagé de tout;
et mon cœur lui aurait offert des
consolations que le sien aurait ac-
cueillies.

Que gagnerons-nous à recouvrer,
s'il y parvient, cette fortune pour
laquelle il s'expose aux dangers d'une
poursuite, et me laisse en proie à
mille espèces de craintes ? Tu ne
nous en aimeras pas moins, toi dont
le sentiment est inaccessible aux
effets des événemens ; et, quant
aux autres.... hélas ! le voile a été déchiré de bonne heure pour moi (1).
Laches amis ! Perfide amante ! Vous

_____

(1) Il n'a que vingt-un ans.

avez détruit une illusion qui m'était
bien douce , et c'est pour jamais.
Quel que soit le sort qui m'est ré-
servé, que m'importe ce que l'on
appelle considération ? Je n'en ai
pas besoin auprès du seul ami qui
me reste ; et, lui seul et mon père
exceptés, je ne crois plus aux sentimens de personne.

Quand on en est là , qu'importe la
ville ou la campagne , l'opulence
ou la misère ? On ne veut que traîner
jusqu'à la fin l'insuportable fardeau
de la vie. . . . .
C'est par l'arrivée de ta réponse à
ma lettre du 17 , que j'ai été interrompu.

J'en étais bien certain , que mon

malheur ajouterait encore , s'il était possible , à ton amitié pour moi. O Dorval ! combien elles me sont plus précieuses que jamais , les douces expressions de ton amitié ! Mon cœur en est délicieusement pénétré. Mais permets-moi de refuser les nouvelles preuves que tu veux m'en donner , et ne trouve pas mauvais que je commence par te renvoyer la lettre de crédit , dont je n'ai nul besoin. Si j'eusse éprouvé la moindre gêne , ce n'est pas avec toi que j'eusse attendu une offre. J'était trop sûr de mon ami , pour ne pas m'adresser à lui avec assurance. J'espère qu'il est assez sûr de moi pour en être convaincu.

Si

(13)

Si, par la suite, ta lettre de crédit me devenait nécessaire, je te la demanderais.

Quant à la proposition que tu me fais, de chercher à me procurer une place qui me convienne, j'accepterais sans hésiter, si j'étais sûr de trouver un patron (1) comme celui qui a renouvellé en ta faveur les douceurs de l'adoption. Mais conviens qu'il faudrait un bonheur inoui, et qu'avec cette excessive sensibilité qui fait le fond de mon caractère, je ne dois pas m'exposer aux peines

---

(1) Le style trivial s'est emparé du mot *Patron*. L'intention de Saint-Alme est qu'il ait ici toute la noblesse de son ancienne acception.

de la dépendance ; elles sont souvent si amères ! Pourquoi m'y exposerais-je , puisque je puis vivre libre ? — Mais ce sera dans l'obscurité. — Eh ! mon Dieu ! quand on débute dans la carrière par des échecs comme ceux que j'éprouve , qu'importe avec quelles livrées on doit la parcourir ? On la fournit , parce qu'il est défendu de rétrograder : mais on se borne à la fournir ; et , s'il reste un vœu à former , c'est celui d'échapper à tous les regards.

Je ne veux que les tiens , mon cher Dorval , que ceux de mon père. Ils ne m'abandonneront jamais , je le sais. Eh , bien ! il ne faut plus rien à ton ami ,

SAINT-ALME.

LETTRE V.

De la Ville,
Le 27 Mai, 1771.

MALGRÉ le renvoi respectif qui avait eu lieu, je me flattais encore. Il était si difficile de croire qu'une pareille trahison se consommerait ! Mais il ne m'est plus possible de conserver ni doute, ni espérance. Le jour du mariage de Sophie avec Varsel est définitivement fixé....., Je leur laisse à eux-mêmes le soin de me venger ; ils n'y manqueront pas, j'en suis sûr. Une société indissoluble entre deux traîtres ne peut que finir par être malheureuse.

En m'examinant bien, je n'avais pas pour elle ce sentiment qu'il faudrait à une ame aussi ardente que la mienne. Si c'était plus que de l'amitié, ce n'était pas encore cet amour brûlant dont je me sens capable ; et, je le crois à présent, je n'aurais peut-être pas été heureux, en épousant Sophie, parce que ce foyer qui est en moi, n'aurait pas eu assez d'aliment.

Mais sa perfidie n'en est pas moins atroce : mais je n'en suis pas moins révolté, au point que, si je restais ici, je ne répondrais pas de me contenir. Il est plus prudent de m'éloigner ; et, demain, je quitte cette ville qui m'est devenue odieuse, où je ne vois que des lâches qui évitent le malheureux que la fortune délaisse , où bientôt le triomphe de Varsel. . . . .

Adieu , Dorval : tu es la seule consolation de ton ami ,

SAINT-ALME.

P. S. Je ne te dis pas où je vais : je n'en sais rien moi-même. Je ne veux qu'une chose , c'est m'éloigner. J'ai le projet de m'enfoncer dans les montagnes , sans but , sans autre intention que celle de fuir les hommes.... Au moins, si j'en rencontre ;

B 3

ils seront trop grossiers , pour avoir
à en redouter ces vices d'autant plus
dangereux, qu'ils se cachent sous des
couleurs plus aimables.

De tems à autre , je reviendrai
chercher les lettres de mon père
et les tiennes ; mais je resterai le
moins possible dans cette atmosphère
viciée. Adieu.

LETTRE VI.

Du Val aux Coudriers,

Le 27 Mai 1772.

JE respire ! Me voilà loin de cette ville maudite, où les amis, où les amantes ne tiennent pas contre un revers de fortune.

Je n'en suis qu'à quelques lieues ; mais c'est dans la montagne ; et on n'arrive lentement d'un extrême à l'autre, que quand on veut passer par les nuances imperceptibles qui les séparent. C'est ce que fait le

voyageur ordinaire. Il n'en est pas
de même de celui qui, dès le premier pas, se jette hors des routes
battues. Pour être loin, il n'a pas
besoin de parcourir de grands es-
paces ; et, tandis que le premier
se traîne fastidieusement sur les in-
sipides traces de la routine, chaque
instant apporte à l'autre des sensations nouvelles.

Combien j'en ai éprouvé d'agréa-
bles, aujourd'hui que, délivré de
mes perfides amis, seul avec mon
cœur, avec l'image de mon père et
la tienne, j'ai joui, vraiment joui
de la nature !

Les montagnes ne sont de loin,
que des masses imposantes, qui

peuvent exciter l'étonnement et l'admiration , mais qui ne promettent
point des beautés de détail. Combien celui qui pénètre dans leur
sein est détrompé! A chaque instant,
de nouveaux sites et de nouveaux
objets. Ici , la nature déploie ses
richesses, là , ses horreurs. Quelques
pas suffisent pour varier la scène ,
pour passer d'un contraste à l'autre.
Une prairie charmante est sur le
bord d'un précipice , et celui - ci
domine un riche verger. De la cime
d'un roc, d'où l'on a pu contempler
un immense tableau , on se trouve
tout à coup dans le creux d'un
vallon, où l'on n'a que le ciel pour
témoin de son existence. Tout à

coup encore ; dans l'instant où l'on se croit le plus isolé , on n'était séparé d'une habitation que par le branchage touffu de quelques arbres.

C'est de l'une de ces retraites rustiques et hospitalières , que je t'écris. Je ne sais ni quand , ni comment je ferai mettre ma lettre à la poste ; mais j'ai voulu , en m'entretenant avec toi , completter la plus agréable journée qu'ait jamais passée ton ami,

SAINT-ALME.

Cette lettre a été envoyée à la poste , et reçue par Dorval avec la suivante.

LETTRE VII.

Du Hameau de Haute-sise,

Le 26 Mai 1772.

Qui jamais aurait pu le croire , que dans un lieu si sauvage. . . . . ? Ce matin , j'étais parti à la pointe du jour. . . . . . Mais qu'importe le départ, la route ? Arrivons tout de suite où je suis.

Au milieu des montagnes , aussi haut que possible pour des habita- tions, dans la plus chétive cabanne,... un ange, une divinité, ce que l'imagination peut créer de plus séduisant, de plus enchanteur.

Voilà plusieurs heures que je suis auprès d'elle. Mes yeux ne l'ont pas quittée un seul instant. Elle absorbe toute mes idées, toutes mes facultés.

Juge combien je t'aime, Dorval, puisque, malgré le délire où je suis plongé, je trouve le courage de profiter d'une occasion..... (1).

---

(1) Une occasion dans un pareil endroit ! pourra-t-on dire. Rien de plus simple cependant. Il va, quelquefois, dans les hameaux les plus reculés, des porte-balles, et très-souvent des coquetiers. Ces derniers sont des gens qui courent les montagnes, ramassant des œufs et des volailles qu'ils portent dans les mar-

Ne

(25)

Ne crois pas cependant qu'en t'écrivant, je perde de vue cette fille céleste. Elle est là. Je n'ai pas tracé quatre mots de suite, sans m'arrêter pour la regarder. Je te l'avouerai même, je ne t'aurais pas écrit, si ce n'eût été pour te parler d'elle. Adieu.

SAINT-ALME.

---

chés. D'autres fois, ce sont des gens du lieu-même, qui vont à un village voisin. Là, il s'en trouve pour quelque bourg ; et, de cascade en cascade, une lettre arrive jusqu'à un bureau de poste. Ces facilités sont moins rares que l'on ne pense.

Ainsi, qu'on ne soit plus surpris des lettres que Saint-Alme pourra, par la suite, écrire de Haute-Sise.

Tome I.   C

LETTRE VIII.

De Haute-Sise,

Le 31 Mai 1772.

QUE t'ai-je dit dans ma dernière lettre, mon cher Dorval? Je l'ignore. L'abondance et la vivacité de mes sensations, le désordre de mes idées, le bouleversement total de mon être.... Il eût fallu périr, si l'effet d'un choc aussi violent s'était soutenu. Heureusement il s'est affoibli par degrés. Une ivresse douce le remplace. Je suis dans cette situation délicieuse, qui permet de détailler les jouissances. Ecoute donc, mon ami : écoute , et partage mon bonheur.

Il était à peu près quatre heures après midi , lorsque j'arrivai dans ce lieu sauvage , qui me parut, à moi , nouveau voyageur de montagnes , ne pouvoir être que le repaire des ours. Cependant quelques cabannes éparses m'apprennent qu'il peut encore y habiter des hommes.... bien grossiers sans doute. « Eh ! tant mieux » , me dis-je à moi-même ; » ils en seront plus » loin de ressembler à ceux que je » fuis ».

Je marchais depuis le matin. J'étais excédé de fatigue et de besoin.

Je dirige mes pas vers la première cabanne, pour y demander, et sûr d'y trouver l'hospitalité.

J'apperçois devant la porte, une vieille femme assise sur un tronc d'arbre. A côté d'elle, une jeune fille dormait accroupie sur le gazon, et la tête appuyée sur les genoux de la vieille. Quelques chèvres paissaient autour d'elles. Un dévidoir immobile, et du chanvre à moitié teillé, annonçaient que le sommeil avait surpris l'une, et que l'autre, dans la crainte de l'éveiller, avait suspendu son travail.

La femme âgée fut plus que surprise, en voyant un *Monsieur.....* Mais ce *Monsieur* était, dans son

genre, vêtu si simplement ! Il avait
l'air si fatigué ! Il paroissoit avoir si
grand besoin d'un gîte !..... Pour
l'être véritablement humain, l'empressement de secourir son semblable, a bientôt applani les diffi-
cultés.

» Monsu, » me dit-elle... J'allais
te rapporter ses propres paroles ;
mais le patois, celui des montagnes
sur-tout, te serait inintelligible. Je
vais tâcher d'en trouver l'équiva-
lent (1), dans le langage villageois
que comprend tout le monde.

» Monsieur, me dit-elle ; « j'vous
» demandons bien pardon, excuse,

—————————————

(1) C'est ce qu'il fera toujours.

C 3

» si je n'nous dérangeons pas , pour
» vous faire politesse ; mais c'est
» que vlà not' Josephine qui n'a
» pas clos l'œil de depuis deux
» nuits , qu'elle a passées à me soi-
» gner , la pauvre enfant ! Attendu
» que j'ons été bien malade , sauf
» vot' respect , mon brave Monsieur.
» Ça serait péché , n'est - ce pas ?
» que de la réveiller ? -- J'en serais
» au désespoir. -- O mon Dieu !
» oui ; que je crois bien ».

Je ne puis te dire , mon cher
Dorval , combien j'ai été touché de
cette expression , qui me prouvait
que mon air inspirait la confiance ,
et que , dès l'abord , cette naïve
paysanne croyait à ma bonté. Vils

adulateurs des cours, vos mensonges recherchés ont-ils jamais rien exprimé d'aussi flatteur ?

« Mais, » a repris cette bonne femme, en me fixant plus attentivement, « c'est que vous vlà tant
» fatigué ! J'voudrions tout du moins
» vous voir boire un coup. Par
» après, l'on attend mieux. Eh,
» bien ! tenez ; faites - nous pardon
» si j'vous proposons d'vous servir
» vous - même. Entrez là dedans.
» Vous trouverez sur la pétrière, un
» cruchon ous'qu'il y a du petit lait
» de beurre. Ça désaltère qu'cest
» un charme. Ah ! mon Dieu ! c'est
» qu'vous aurez encore la peine de
» chercher un gobelet ».

J'allais répondre. La jeune fille
fit un mouvement..... Je n'avais
encore pu préjuger son âge que par
sa taille. Son visage était caché par
le tablier de la vieille, que celle-
ci avait étendu sur elle, afin de la
garantir du soleil. Dieu ! quelle surprise ! quelle commotion ! lorsque
la jeune personne, dérangeant le
tablier..... Non, mon ami, dans
la nature entière, il n'existe rien
d'aussi beau. Une bouche fraîche et
gracieuse ; de grands yeux bleux,
ombragés de longues paupières noires
et surmontés de deux arcs d'ébène ;
une peau dont le hâle n'empêche
pas de voir la finesse, et de deviner
la blancheur ; des formes qui, mal-

gré la grossièreté de ses vêtemens , offrent des contours si heureux !..... Et quinze ans ! et un air de candeur ! et un son de voix si doux ! et cet ensemble , enfin , qui annonce un cœur excellent, une ame tendre !.....

« Avec qui donc ? » dit-elle à la femme âgée , en s'éveillant..... Elle se retourne , m'apperçoit , s'interrompt par un cri de surprise. La curiosité soulève ses belles paupières ; la timidité les fait retomber aussi-tôt : un rouge vif vient colorer ses joues : sa tête se baisse sur sa poitrine : elle cherche , en roulant dans ses doigts un cordon de son corset , à masquer l'embarras qu'elle éprouve, et l'un de ses pieds en arrière, semble annoncer le desir d'y échapper par la suite.

Sans doute j'aurais dû essayer de la rassurer : mais, plongé dans un ravissement qui absorbait toutes mes facultés, j'aurais envain cherché des expressions ; et, s'il eût été possible qu'il s'en fût présenté, je n'en aurais pas moins gardé le silence, dans la crainte qu'un seul mot articulé ne m'eût distrait du trouble extatique, qui me transportait hors de moi.

Je ne sais combien de tems nous serions restés, elle n'osant lever les yeux, moi n'ayant pas assez des miens pour voir, pour admirer tant

de charmes, si la mère Germaine
(c'est le nom de la femme âgée)...
» Ma bonne Joséphine, dit-elle,
» vas chercher du petit lait ; tu
» donneras à boire à ce Monsieur ».

Joséphine, saisissant ce prétexte
de se dérober à la gêne qu'elle
éprouvait , rentra précipitamment
dans la cabanne. Je restai, gardant
mon immobilité , l'œil fixé sur la
porte , craignant de déplaire à
Joséphine, si je la suivais, attendant
avec une impatience pénible le
moment où elle reparaîtrait.

Elle revint enfin, apportant le
cruchon de petit lait que la mère
Germaine m'avait annoncé, et un
gobelet d'étain dont le mauvais état

annonçait l'ancienneté , mais qu'une extrême propreté avait rajeuni. En me le donnant , elle tremblait; je tremblais en le recevant ; une partie du petit lait qu'elle y versa , fut répandu. Le peu qui y resta , je le bus avec avidité. Elle m'en offrit de nouveau ; nous étions toujours aussi agités ; nous ne fûmes pas plus adroits que la première fois.

La mère Germaine riait de toutes ses forces. — « Allons , allons , » nous dit-elle ; « j'voyons bien que » l'un est encore un peu essoufflé » de sa course , et que l'autre est » encore un peu endormie, et beau- » coup étonnée de trouver comm'ça

un

» un Monsieur, à son réveil. Pour
» donner à ç'te fatigue, et à ç'te
» timidité-là le tems de passer,
» asséyez-vous à côté de moi ; car
» j'espérons bien, mon brave Mon-
» sieur, qu'vous ne chercherez pas
» gîte ailleurs. -- Oh ! non sûre-
» ment. -- Tant-mieux, vot'mine
» m'est revenante. Voyons, pen-
» dant que Josephine et moi,
» j'allons reprendre not' ouvrage,
» contez-nous ce qui vous a amené
» ici. -- Le desir de rétablir ma
» santé. On m'a conseillé l'air de
» la montagne. Le hasard ma con-
» duit ici plutôt qu'ailleurs. Je
« m'en félicite, puisque j'y trouve
» de braves gens, -- Et nous aussi,

Tome I.   D

» j'en sommes bien contentes.....

» *Prends garde , Joséphine , v'là*

» *que ton écheveau se mêle.....*

» Comm'ça , vous pourrez donc

» rester quelque tems avec nous?

» — Je puis y rester quelques jours.

» — Pas plus qu'ça ? Ç'nest pas

» assez..... *Mon Dieu! Josephine,*

» *te v'là embrouillée que* tu *'pour-*

» *ras plus t'y reconnaître.....* On

» dit comm'çà , Monsieur , que

» l'air d'ici est bien bon. — Je

» pourrais revenir. — A la bonne

» heure..... *Eh bien ! ma petite,*

» *commences - tu à te retrouver ?*

» Oui , ma bonne mère ».

En effet, le dévidoir reprit un
mouvement assez soutenu. Insensi-

blement , la belle ouvrière montra
un peu d'assurance , et , sauf une
teinte de rouge , qui se renouvellait
chaque fois , mais qui allait toujours
en diminuant , Josephine s'accou-
tuma à me regarder.

Mes yeux , qu'elle ne pouvait
manquer de rencontrer , dès que
les siens se portaient sur moi , pro-
longeaient son embarras. Je le voyais.
La délicatesse me faisait un devoir
de les détourner : mais le charme
que j'éprouvais à la voir, l'empor-
tait , et il était au - dessus de mes
forces de me priver de ce bonheur
pendant un seul instant , quelque
rapide qu'il eût été. Je n'entendais
pas même la mère Germaine , qui

me faisait les honneurs de sa cabanne avec cette effusion qui accompagne les offres sincères.

Je distinguai seulement que j'aurais
un lit, bien chétif pour un Monsieur comme moi ; mais que l'on
arrangerait pour le mieux ; que les
draps seraient de toile d'étoupe,
mais bien nets de lessive ; qu'elle
me ferait des tourteaux, du caillé,
des galettes de Sarasin, tout ce
qu'elle pourrait imaginer de plus
ragoûtant..... et encore..... et puis
encore...... La pauvre femme !
Elle n'avait presque rien ; mais elle
offrait tout ce qu'elle possédait, et,
emportée par le plaisir qu'elle
trouvait à l'offrir, elle parlait avec

tant de chaleur et de volubilité, qu'elle eût une toux affreuse.

Ce fut , avec l'approche de la nuit , le signal de rentrer. Joséphine s'empressa de l'aider à se soulever, de lui prêter son appui , pendant le peu de pas qu'elle avait à faire. Je voulus la seconder. Elle la tenait sous un bras ; je pris l'autre ; et..... Je ne sais pour combien le bonheur de seconder Joséphine entrait dans le plaisir que j'éprouvais ; mais en vérité , j'étais fier de servir ainsi la vieillesse. Cette auguste fonction m'élevait à mes yeux ; et je jouissais du groupe vraiment intéressant que formait cette respectable femme, appuyée sur Joséphine,

D 3

sur moi, nous souriant à l'une et à l'autre, aussi surprise que *con-fusionnée* de voir un *Monsieur*..... Elle avait raison : on ne trouve guères chez les *Monsieurs*, ni le respect pour la vieillesse, ni la complaisance pour la pauvreté.

Quand nous l'eûmes installée au coin de la cheminée, (les soirées sont encore froides ici) sur une espèce de fauteuil matelassé avec de vieux vêtemens, Joséphine rassembla des chénevottes, quelques branches de mélèze, y mit le feu, suspendit au-dessus un chauderon qu'elle remplit de châtaignes séches et de lait de chèvre ; puis, la nuit étant entièrement venue, elle

accrocha une lampe de fer à l'extrémité recourbée d'un bâton qui, de
l'autre bout, était cloué à une
solive.

A peine l'avait-elle allumée,
qu'arriva le coquetier, dont j'ai
profité pour t'écrire une lettre,....
qui, sans doute, portait l'empreinte
du délire dans lequel j'étais plongé.

Je ne te parlerai ni des soins
touchans qu'elle ne cessait de rendre
à la mère Germaine, ni de ses
attentions pour moi, ni de l'empressement avec lequel je voulais
être de moitié dans ce qu'elle faisait,
ni de la gaucherie qui accompagnait
cet empressement, ni de mille autres
choses charmantes, qui échappent

au récit. Mais juge, mon ami, ce que je devins, lorsque j'appris.....
Mon œil avait déjà parcouru bien des fois l'intérieur de la cabanne. N'ayant apperçu que deux lits, chacun dans un coin en regard, et à peine cachés l'un à l'autre par des pans de vieille tapisserie, qui paraissaient un peu criblés, j'avais imaginé qu'il y avait au dehors, quelqu'appentis, dans lequel on me mettrait. Mais non. C'était l'un de ces deux lits qui m'était destiné; c'était celui de Joséphine.

« Quoi ! m'écriai-je ; et je ne sais combien de folies j'aurais ajouté ; et peut-être les expressions de mon délire auraient porté l'alarme

dans cette demeure de l'innocence.
Heureusement que l'excès même
de ce délire ne me permettait
pas de parler. La surprise, le plaisir
avaient tout-à-coup suspendu mes
facultés ; et le seul monosyllabe
que j'eusse pu prononcer, était
plutôt un cri qu'un mot articulé.

La bonne Germaine qui, dans
la simplicité de son cœur, ne pouvait pas soupçonner un pareil effet, attribua mon exclamation et
mon embarras au chagrin de déplacer
Joséphine, et s'efforça de me per-
suader que souvent sa fille couchait
avec elle, que cela ne faisait rien
ni à l'une ni à l'autre, qu'elles n'en
dormiraient pas moins, que je n'y

songeasse seulement pas ; enfin tout ce que peut dicter l'éloquence abondante et naturelle de la véritable obligeance.

Pendant ce tems , Joséhine....... La méchante fille ! Elle ne savait pas combien elle me dépitait avec ces maudits draps blancs.

Quand elle eut fini , on éteignit la lampe. Chacun se déshabilla derrière le pan de tapisserie destiné à cantonner chaque lit. Je me précipitai dans le mien..... Non, c'était dans celui de Joséphine , et tu juges bien que ce n'était pas avec l'espérance d'y dormir. J'ai passé une nuit à la fois délicieuse et cruelle. Il me semblait que j'étais, en même tems, couché sur des roses et sur des charbons, et que le ciel et l'enfer avaient réuni leurs délices et leurs tourmens.

Le lendemain, mon air harassé fit que l'on ajouta encore à ma peine, en s'apitoyant sur la mauvaise nuit que j'avais dû passer, en se désolant de n'avoir pas d'autre lit. Joséphine sur-tout me plaignait avec une ingénuité!..... Je fus obligé de m'éloigner quelques instans, pour calmer l'espèce de colère que me donnait sa désespérante compassion.

Ne t'étonne pas, mon ami, de voir ainsi cette bonne Germaine, ayant sous sa garde une fille aussi

jeune, aussi belle, m'accueillir, moi,
dans l'âge des passions.... Ne te scan-
dalise pas de voir ces lits si près l'un
de l'autre. Cette simplicité patriar-
chale, qui ne laisse pas d'accès à
la défiance, est le cachet de la
pureté primitive. On la retrouve
encore dans les montagnes, dans
les hameaux reculés, dans les en-
droits enfin, qui ont le bonheur
d'être si éloignés de la corruption,
qu'ils n'en soupçonnent même pas
les attaques. La vraie pudeur est
nue, tandis que la luxure, au sou-
rire provoquant, au regard effronté,
à la démarche voluptueuse, porte
de longs vêtemens, des éventails,
et des triples fichus.

L'homme

L'homme qui se charge de cette lettre, vient la chercher. Il est pressé. Adieu, Dorval. Quelqu'idée que tu te fasses du bonheur, elle sera encore au-dessous de celui que goûte ici ton ami,

SAINT-ALME.

E

LETTRE IX.

De Haute - Sise,

Le 3 Juin 1772.

LE ciel ne veut pas, mon cher ami, me laisser de doute sur le bonheur qu'il me promet ici. Il vient de me le garantir, en m'offrant, dès le début, une jouissance bien douce, celle de rendre service à Germaine, et ainsi, de satisfaire mon cœur, sans risquer d'humilier cette bonne personne par l'offre de lui payer son hospitalité.

J'étais seul avec elle. La porte est

poussée brusquement. Nous voyons paraître un espèce de Monsieur, à mine rébarbative, qui demande si ce n'est pas ici chez la mère Germaine.

La pauvre femme, en lui répondant que oui, se soulève, à l'aide du bras de son fauteuil rustique, se met debout, et y reste courbée sur son bâton, tandis que l'étranger, sans autre compliment, sans ôter son chapeau, s'assied en allongeant sur le banc une de ses jambes, pose sur la table une gaule, qu'il tient à la main, et près de laquelle il étend nonchalamment son bras.

Je ne suis ni exigeant, ni formaliste: mais l'impertinence me révolte.

E 2

Je regardai cet homme en fron-
çant le sourcil ; et m'empressant
auprès de Germaine.... « Remettez-
vous, ma bonne mère, » lui dis-
je, du ton le plus affectueux, et
j'ajoutai, non pas avec interroga-
tion, mais très-positivement, même
avec une sécheresse marquée :
« Monsieur voudra bien le per-
» mettre.

Mon ton le surprit. Cependant,
sans s'y arrêter : — « Mère Germaine,
» je suis le nouvel intendant de
» M. le marquis. Je fais ma tour-
» née, à l'effet de réparer les
» négligences de mon prédéces-
» seur. Ayant trouvé dans le terrier
» qu'il a laissé s'accumuler dix-

» neuf ans de votre cens , faisant
» 76 livres, à raison de 4 livres par
» année.... -- Mon dieu ! Monsieur ,
» j'pensions qu'c'était une charité
» de Monseigneur , qui est si
» riche. --Il n'y a pas de richesse
» qui tienne , la mère ; ce sont les
» petits ruisseaux qui font les grandes
» rivières. Le devez-vous ? ou ne
» le devez-vous pas ? -- J'ne renions
» pas not'dette , Monsieur ; mais si
» vous ne la mettez pas par petits
» morceaux sur chaque année , com-
» ment voulez - vous que j'payons
» tout d'une fois une somme aussi
» forte? -- C'est votre affaire : mais
» il faut la trouver. -- Quoi ! Mon-
» sieur..... » Et Germaine se mit

E 3

à pleurer. -- « Oh ! les pleurniche-
» ries ni font rien. De l'argent, ou
» je fais tout saisir. -- » Monsieur, »
lui dis-je, « cela serait bien dur. --
» Cela se peut ; mais Monsieur le
» marquis a besoin de ses revenus.
» -- Je sais cependant qu'il est très-
» riche , et qu'une aussi petite
» somme...... -- Quelque riche que
» l'on soit, faire des sacrifices est
» toujours une folie. -- J'ai aussi
» entendu parler de sa bonté, et
» je suis sûr que votre procédé,
» pour une pareille bagatelle, n'au-
» roit pas son approbation. -- Cela
» ne le regarde pas : il touche ses
» revenus en gros : les détails de
» la perception sont mon affaire ;

» et, encore une fois, si les 76
» livres ne sont pas apportées au
» château, dans un mois, au plus
» tard, je saisis terrain, bar-
» raque....... -- Homme de fer ! »
» lui dis-je avec indignation. --
« Au contraire, » me répond-il
avec impudence, « Monsieur le
» marquis doit trouver que je suis
» un homme d'or. -- Monstre accou-
» tumé à te jouer de la peine des
» malheureux, tu oses renforcer
» ta dureté par une révoltante
» plaisanterie ? -- Mais qui êtes-vous
» donc, qui me parlez ainsi ? --
» Un homme honnête que tu ré-
» voltes, et qui t'engage à sortir
» de sa présence, avant qu'il cesse

» de pouvoir se contenir. -- Oh !
» qu'à cela ne tienne ; mais , si je
» ne suis pas payé, mère Germaine,
» tu peux compter que je fais tout
» vendre , entens - tu ? -- N'espère
» pas ce barbare plaisir. Je me
» charge de t'en ôter la possibilité.
» Avant le terme, tu auras ton ar-
» gent, et ton maître saura avec
» quelle indignité tu abuses de son
» nom. »

Il partit.

Germaine était tremblante comme
la feuille. Je m'approchai..... A
l'aide de son bâton, elle se coula
le long de son fauteuil, et tomba
à mes genoux, qu'elle voulait embrasser. Je la relevai promptement.

Cette pauvre femme ! Si tu avais vu les pleurs qui ruisselaient sur ses joues sillonées de rides ! si je pouvais te traduire, sans les affaiblir, ces expressions patoises si naïves et si énergiques en même tems ! .... Oh ! qu'ils restent loin de la vérité, ceux qui dans les simétriques combinaisons d'une éloquence étudiée, osent vouloir peindre les mouvemens de l'ame !

J'ai eu la plus grande peine à obtenir qu'elle gardât un secret absolu, sur-tout avec Joséphine..... De la reconnaissance de sa part ! ce serait un tourment pour moi.

Adieu, Dorval. Tu me connais ; ainsi tu ne croiras pas que je te raconte ceci par une sotte vanité ; mais parce que, dans le premier moment où l'on a goûté la douceur d'essuyer les pleurs du malheureux, on a, vis-à-vis d'un véritable ami, ce genre d'indiscrétion qui n'est que l'épanchement d'une joie trop vive, pour pouvoir être contenue. Adieu.

SAINT-ALME.

LETTRE X.

De Haute - Sise ,

Le 5 Juin 1772.

TU as certainement cru , ainsi que moi , que Joséphine était la petite fille de Germaine. Nous étions dans l'erreur.

Elle doit le jour à ce que , dans le monde , on appelle des gens comme il faut. Elle fut mise en nourrice chez la fille de Germaine , qui était établie dans un fauxbourg de . . . . .

Quelque tems aprés sa naissance, elle perdit sa mère.

Presqu'à la même époque, son père eut une affaire d'honneur avec un homme puissant, tua son adversaire, et fut obligé de s'expatrier.

De son côté, la nourrice, voulant suivre son mari, qui allait faire un établissement en Amérique, vint prier sa mère de se charger de Joséphine, alors agée de quinze ou seize mois.

Depuis ce tems, Germaine n'a entendu parler de personne. Elle s'est accoutumée à regarder Joséphine comme son enfant; celle-ci l'aime et la respecte comme si elle lui devait le jour.

Eh !

Eh ! que m'importe, à moi,
qu'elle soit la fille *de gens comme il
faut*, ou de cette bonne paysanne ?
C'est elle seule que je vois en elle.
Dans son premier état, elle n'eût
été qu'une belle personne avec des
manières et des agrémens factices.
Dans la simplicité de la nature,
c'est une fille céleste. Il faut, quand
on la connaît, ne plus respirer que
pour elle.

A l'effet aussi rapide que violent,
à la commotion qui a électrisé mon
être dès le premier moment que
je l'ai vue, chaque instant ajoute
les nœuds indissolubles d'un attachement raisonné. Etre belle est le
moindre de ses avantages. Son cœur

Tome I.   F

recèle toutes les vertus : son juge-
ment étonne ; son esprit a cette
facilité naturelle qui n'attend que
la culture : sous tous les rapports
imaginables, il est impossible de
ne pas l'aimer jusqu'à l'idolâtrie.

Mille fois déjà je me suis, dans
mon ravissement, élancé, pour tomber à ses pieds. Mais que de raisons
me forcent à me contenir! Mes expressions, qui ne pourraient qu'être
brûlantes, allarmeraient cette ame
neuve et paisible. J'étonnerais peut-
être plus que je ne toucherais ; et
le langage d'une passion aussi exaltée
pourrait lui causer un effroi qui
fermerait pour jamais son cœur au
sentiment que je voudrais y faire

naître. Je dois attendre qu'elle ait deviné ma tendresse, qu'elle l'ait appréciée. Je dois avoir obtenu de moi de m'être mis à l'unisson de sa douceur. . . . . S'il était possible qu'elle prît un peu de mon effervescence ! Mais non. Elle est aussi heureuse que parfaite : elle ne le serait plus. Je sais trop le mal que font des desirs impétueux. Les volcans saturent de sels actifs et fécondans le terrain qui les couvre ; mais en même tems, ils le minent, le dévorent......... Ah ! Dorval ! que de bonheur ! que de tourmens ! félicite et plains ton ami.

SAINT-ALME.

F 2

LETTRE XI.

De Haute - Sise ,

Le 7 Juin 1772.

JE ne serais pas digne d'elle, si le sentiment qu'elle m'inspire me rendait moins sensible à la voix de la nature. Quoiqu'il m'en coûte, je pars dimanche prochain afin de me trouver à l'arrivée du courier, par lequel j'espère recevoir des nouvelles de mon père.

Je viens d'annoncer mon départ. Je n'ai pas besoin de te dire combien je souffrais. -- « Déjà! » a dit mère

Germaine. — « C'est bientôt ! » a
dit Joséphine... Il me semble qu'elle
rougissait, qu'elle avait une certaine
peine. — « Mais, » a repris Germaine, « vous nous avez promis de
» revenir ? — J'espère, » ai-je répondu, « que ce sera dans cinq
» ou six jours. — Ah ! tant mieux ! »
Joséphine a répondu à demi-voix :
Ah ! tant mieux ! » et j'ai cru voir
dans ses traits une sorte d'épanouisse-
ment. Pour moi, j'étais si touché,
qu'il a fallu m'éloigner.

Voilà une heure que je parcours
les environs de sa demeure, dans
une agitation que je ne saurais décrire. Cet accent de Joséphine,
cette nuance de chagrin, en appre-

nant mon départ, de joie, à l'annonce de mon retour....... Que je
serois heureux ! Mais peut-être est-
ce une illusion, ou c'est un intérêt
si faible...... Quelle perplexité !.....
N'importe , fidèle à mon plan,
j'aurai le courage de différer mon
bonheur , pour l'assurer.

Je t'écris ce peu de lignes , dans
les champs : j'espérais t'en écrire
davantage : Mais , depuis une heure
séparé d'elle !...... Et je suis à la
veille de la quitter pour plusieurs
jours !........ Mon ami, je retourne
auprès de Joséphine.

LETTRE XII (1).

De Haute--Sise, le lendemain de
la précédente , et encore écrite
dans les champs , et au crayon.

ELLE me paraît véritablement
triste. Mais c'est sans doute moi qui
donne aux objets la teinte de mes
yeux. Comment croire à tant de
bonheur? Dieu! Dieu! quelle récom-
pense réserveriez - vous donc à de

(1) Elle n'a été , ainsi que la onzième ,
envoyée à Dorval qu'avec la treizième.

longues vertus, s'il était possible
que moi, qui n'ai rien fait encore ?....
Cependant, pourquoi n'y croirais-
je pas ? L'amour doit être le prix
de l'amour...... C'en est fait; je
vole à ses pieds. Il faut que je lise
dans son cœur. Il faut que je reçoive
d'elle, ou la vie, ou la mort.

LETTRE XIII.

De la Ville,

Le 10 Juin 1772.

JE suis loin d'elle , et je n'ai pas parlé, et j'ai emporté beaucoup de craintes contre bien peu d'espérances.

Je ne m'étais seulement pas donné le tems de plier le second billet ci-inclus (1). A peine avais-je pris celui de fourer dans ma

---

(1) Cette lettre treizième contenait celles onze et douze.

poche le papier, le crayon (tu le jugeras sans peine à la manière dont le papier est froissé) que partant comme un trait..... J'arrive auprès de Joséphine. Tous les feux de l'amour étaient sans doute dans mon régard. -- « Ah! mon dieu! » me dit-elle, avec une espèce d'effroi, » qu'avez-vous donc, Monsieur? » La parole expire sur mes lèvres; mon cœur se serre ; mes jambes chancellent....... -- « Pourquoi donc » courir comm'ça? » me dit Germaine. « Il y a de quoi se tuer. » Joséphine, vas vîte traire une » chêvre, qu'il en boive le lait » chaud. Il n'y a rien de mieux. » Joséphine courut chercher du

lait chaud. J'en bus, pour calmer l'inquiétude de Germaine, la sienne.....
Elle me paroissait en avoir; et cette
idée me soulagea un peu.

Pendant le reste de la soirée,
je gardai un morne silence. Joséphine ne dit presque rien. Germaine
parla beaucoup moins qu'à son
ordinaire. Le bonsoir que nous nous
dîmes fut triste. Ma nuit..... Dieu!
quelle fut affreuse !

Et le lendemain, quand je vis
poindre le jour, quand je vis s'approcher l'heure de la séparation....
Mon ami, le ciel me doit bien du
bonheur, s'il veut me dédommager
de tant de souffrances !

Il avait été arrangé que j'irais

avec Joséphine, jusqu'à la paroisse,
qui est à un quart de lieue sur
mon chemin. Nous allions partir, lorsque j'entens une voix d'un
timbre singulier s'approcher, en
imitant le bruit des cloches.

-- « C'est, » me dit Germaine,
« le pauvre Bâkis, un malheureux
» imbécille, qui, le dimanche, à
» l'heure d'aller à la messe, ne
» manque jamais...... » Il paraît
au même instant.

« Vlà Bâkis, » dit-il, « conduire
» sa petite femme à la maison du
» grand bon Dieu. Et toi, mère
» Germaine, comment . . . . ? » Il
m'apperçoit, s'interrompt en sautant
sur lui-même, me fixe avec un regard

gard tsupéfait , part d'un gros
ricannement ; et , s'approchant de
moi , il se met à caresser mes
vêtemens , en répétant plusieurs fois :
« il est brave , le Monsieur ! »

Une femme du hameau , vieille
comme Germaine , mais moins in-
firme, vint pour lui tenir compagnie
pendant l'absence de Joséphine. Dès
qu'elle fut arrivée , nous partîmes.
Cette pauvre Germaine ! comme elle
m'embrassa de bon cœur ! avec quel
intérêt elle me fit renouveller plusieurs fois la promesse de revenir
bientôt !

Nous marchâmes quelque tems
sans parler. Bâkis était toujours
admirant mon habit de drap gris,

Tome I.   G

ma veste et ma culotte de calmande
jeaune. Joséphine avait un air de
contrainte. Moi...... absorbé par la
douleur, occupé de me surveiller,
de me combattre, j'étais dans une situation trop pénible, pour pouvoir
proférer un seul mot. Joséphine
rompit enfin le silence.

Ce ne fut qu'après avoir, plusieurs fois, porté furtivement sur
moi ses beaux yeux qu'elle baissait
aussi-tôt, parce que toujours ils
rencontraient les miens. Elle rougissait, hésitait, avait une respiration
gênée, un maintien embarrassé;
enfin tout annonçait en elle un
trouble qui, dans le silence, allait
croissant de ses propres forces, et

auquel elle voulait, en parlant,
essayer de faire diversion. Sans
doute mon imagination trop prompte
à se flatter, est allée au-delà du
vrai. Cependant elle ne prit la
parole que pour s'occuper de moi,
pour arranger que Bâkis me con-
duirait jusqu'à St. R. par un chemin
qui, sur quatre lieues, m'en abrége-
rait, au moins, une et demie, et dans
lequel je n'aurais point à craindre
l'ardeur du soleil, parce que je
serais dans les bois.

-- « N'aurai-je pas, » lui dis-je,
» à leur reprocher de me dérober
» trop vite la vue ?........ » J'allais
ajouter....... « du séjour qu'habite
» celle que j'aime, d'un amour ef-

fréné. » J'eus la prudence de m'arrêter. Il me sembla aussi qu'elle avait eu l'intention de m'interrompre, mais qu'elle s'était retenue. Avait-elle pressenti ce que j'allais dire? Avait-elle éprouvé la crainte de l'entendre? j'osai le croire un moment; et, plein de cette idée, j'allais reprendre la phrase, que peut-être encore j'aurais suspendue, lorsque Bâkis, qui était allé en avant reconnaître un passage, revint nous dire qu'il était praticable.

Joséphine, saisissant cette occasion de sortir de gêne, lui demanda s'il ne voudrait pas bien me conduire jusqu'à S. R.

-- « Oh! bien vouloir. Grand

» plaisir à Bàkis conduire le brave
» Monsieur, par le grand bois tout
» de suite bien loin, bien loin. —
» Eh ! bourreau ! » dis-je en moi-
même, « qui te demande de m'éloi-
» gner si vite ? »

Cet accès de colère m'avait aussi
donné un accès de courage ; et je
crois qu'enfin j'allais faire à Joséphine
l'aveu de l'amour dont j'étais dévoré.
Des hommes et des femmes, arrivans
par différens sentiers, nous joignirent
au moment où j'allais parler.

Combien je les maudis, en les
voyant paraître ! Mais ensuite je leur
eus obligation d'avoir mis, par leur
présence, obstacle à l'explosion qui,
surement encore, aurait inspiré à

G 3

Joséphine moins d'amour que d'effroi.

Je me dédommageai, autant qu'il était possible, par le spectacle de d'accueil que tous faisaient à Joséphine. Dès qu'ils l'appercevaient, ils doublaient le pas, l'embrassaient avec une joie si vraie ! s'enquéraient de sa santé, de celle de Germaine avec tant d'intérêt !....... Les gens simples sont aimans : mais, dans quelque pays que ce soit, il n'y a que l'être essentiellement bon, qui soit aussi généralement aimé.

Hommes, femmes, filles, vieillards, jeunes gens, tous étaient également empressés. Un seul avait un air de réserve, qui, d'abord, attira mon attention , et bientôt excita mon inquiétude. Son abord fut incertain, son maintien timide; il me sembla que ma présence le déconcertait , que la sienne gênait Joséphine. A peine lui parla-t-il. Elle lui dit beaucoup moins qu'aux autres.

— « Si c'était un rival ! » me disais-je. « S'il était aimé ! C'est le plus » beau garçon du village. Ils se » connaissent depuis la plus tendre » enfance. » . . . . Mon ami , je te ferais pitié, si tu savais ce qui se passait en moi, ce qui s'y passe encore, à présent que, loin d'elle, je me retrace ce que j'ai cru voir, ce que j'ai vu. O Joséphine ! Joséphine ! Il n'y aurait plus d'existence pour Saint-Alme, si un autre possédait ton cœur !

Mais, si cela était, ta joue se serait-elle colorée d'un rouge si vif, lorsqu'en te quittant, tu m'y as laissé prendre un baiser ? Ta main aurait-elle tressailli dans la mienne ? tes yeux auraient-ils été troublés ? ton sein aurait-il été oppressé ? Non, tu n'es pas capable de fausseté, et c'en serait une affreuse que de m'avoir ainsi laissé connaître le charme de l'espérance.

Je m'y livrai sans réserve ; et, semblable à ces gens ivres d'opium, je fus long-tems absorbé dans l'illusion délicieuse à laquelle je m'abandonnai.

Bâkis me fit passer par où il lui plût, il me dit ce qu'il voulut : j'ignore l'un comme l'autre. Je le suivais machinalement, sans penser que je marchais, sans même sentir la douleur de m'éloigner de Joséphine, parce que mon imagination me laissant toujours auprès d'elle, les instans, au lieu de se succéder, se confondaient en un seul, celui où ses joues colorées par mon baiser, où sa main tressaillant dans la mienne, où ses yeux troublés, où son sein oppressé m'avaient fait croire que son cœur pouvait entendre le mien.

Je fus rappelé à moi-même par l'annonce que nous étions arrivés à S. R.

Bâkis *m'apprit*, en même tems, que j'étais en sueur, que j'avais une soif brûlante, et m'engagea à entrer dans une chaumière, près de laquelle nous nous trouvions. Je l'y suivis.

-- « Ah ! ah ! c'est Bâkis ! -- Oui, » dà ! Bâkis, et avec un brave » Monsieur, » répondit - il, d'un ton qui annonça qu'il était fier d'avoir à présenter quelqu'un qui avait un habit de drap gris, une veste et une culotte de calmande jeaune. « La Franson, donne vîte » à boire au brave Monsieur et à » Bâkis. »

En même tems, il essuya, avec le pan de sa veste, une escabelle de noyer, sur laquelle il plaça son bonnet en forme de coussin, et me prenant par le bras, pour m'y faire asseoir......... C'était un bonnet de laine autrefois rouge, actuellement sans couleur, criblé de trous, enfin dans un état qui n'était nullement engageant; mais le désagrément de m'en servir pouvait-il entrer en comparaison avec la peine que j'aurais pu faire à ce pauvre homme, en refusant son offre? Il ets si dur de trouver le refus en échange de la prévenance! Je me décidai donc. J'eus même soin de ne pas laisser appercevoir une répugnance qui l'aurait humilié. J'aurais, à mon tour, souffert de la peine que je lui au-

rais faite. Au lieu de cela, je jouis
du plaisir que lui fit ma complaisance. Il était devant moi, se
riant à lui-même, s'applaudissant
d'avoir imaginé une chose qu'il me
croyait fort agréable, glorieux de
ce que je l'avais accueillie.

Ce fut bien autre chose, lorsque
nos tasses étant remplies, je m'a-
visai, avant de boire, de lui dire:
— « à ta santé, Bâkis. » Il était
prêt à boire lui-même. Tourmenté
d'une soif ardente, il avait à peine
donné le tems de verser la liqueur;
il s'en était emparé avec l'avidité
du besoin ; ses lèvres desséchées
touchaient déjà le vase...... il m'en-
tend, laisse tout tomber, et l'excès
de

de la joie lui faisant oublier l'ardeur de la soif...... -- « La Franson ! La » Franson ! s'écrie-t-il, le brave Mon- » sieur boire à la santé du pauvre » Bakis. »

J'emplis sa tasse de nouveau. Il se mit à la regarder, puis la mienne, puis la sienne, en ricannant d'une manière qui annonçait un desir, et qui me provoquait à le deviner. Cette pantomine m'étonnait d'autant plus, que je savais combien il était altéré. Enfin un mouvement commencé d'un air honteux, et retenu aussi-tôt, me mit au fait. J'approchai ma tasse de la sienne. Elles se touchèrent....... Cette fois, sa joie fut une vraie folie. Il se mit

à danser, sauter, chanter, me flatter,
précisément comme on caresse un
chat. -- « Toi, plus Monsieur, »
me disait-il, « toi, le brave ami
» de Bâkis. Quand reviendras, Bâ-
» kis toujours aimer le brave ami. »

Ensuite s'établissant sur le coin
de la table, il sortit de sa poche
un paquet de chiffons retenus ensemble par des ficelles et par je
ne sais combien de nœuds. Ce paquet en renfermait un autre, celui-
là un troisième. D'enveloppe en enveloppe, il parvint à une espèce de
bourse de cuir, qui contenait quelques liards -- « Tiens, la Franson, »
dit-il, en les lui répandant sur son
tablier, « prens le compte du brave
» ami et de Bâkis. »

Je fis signe à la femme de se prêter à cette fantaisie. Puis, après l'avoir véritablement payée en particulier, je lui témoignai le desir de dédommager Bâkis et de reconnaître la peine qu'il avait prise de me conduire. -- « O mon dieu ! » me dit-elle, « donnez-lui deux ou » trois sous en liards, ce sera une » fortune pour lui. -- Eh, bien » procurez m'en tant que vous » pourrez en avoir, une centaine » par exemple. -- Vous n'y pensez » pas. Il se croira plus riche qu'un » Roi. -- Tant mieux ! je veux qu'au » moins, il soit aussi content. »

Elle sortit, et m'en apporta à peu - près la quantité que j'avais

H 2

demandée. J'en pris plein mes deux
mains, et je dis à Bakis de tendre
les siennes. Ne pouvant soupçonner ce que c'était, il les présenta. Quand il vit cette quantité de pièces, son premier geste
fut celui d'un homme émerveillé.
Le second fut de retirer ses mains
si précipitamment, que tout tomba
par terre, et couvrit le plancher.
— « Croire qu'il faut de l'argent à
» Bâkis ! » me dit-il avec chagrin,
« non ; Bâkis pas en vouloir du
» brave ami. »

Tu as raison, homme simple et
sensible ; les services que le sentiment a conseillés, ne se payent
qu'avec le sentiment. Je lui tendis

la main, il la serra dans les siennes, la baisa, la plaça contre son cœur, et le contentement vint se peindre sur son visage.

Lorsque nous nous séparâmes, j'emportai ses vœux, ses bénédictions. Le plaisir, je dirais presque l'orgueil que j'éprouvais en pensant que cet homme grossier n'avait pu être porté à m'aimer ainsi, que parce qu'il m'avait trouvé ce caractère de bonté auquel les gens simples ne se méprennent jamais; l'idée si satisfaisante d'avoir justifié sa prévention, de le savoir content de moi; une foule de sensations douces, qui en étaient la suite, vinrent se mêler aux sensations délicieuses que m'a-

H 3

vait laissées l'adieu de Josephine.....
Ses joues colorées par mon baiser,
sa main tressaillant dans la mienne,
le trouble de son regard, l'oppres-
sion de son sein........ L'espace et
le tems disparaissent quand on a
ainsi pour compagnon de voyage le
plaisir d'avoir acquis un ami, et
l'espérance d'obtenir du retour de
celle à qui l'on a dévoué son existence.

Je ne m'apperçus du chemin que
j'avais fait, que par la nécessité de
chercher un gîte, aux approches
de la nuit.

Le lendemain, j'eus les mêmes
jouissances ,... jusqu'au moment où,
prêt à quitter la montagne, j'ap-

perçus, dans le lointain, cette ville,
dans laquelle j'allais retrouver la
perfidie et la lâcheté.

Ces maisons entassées me sem-
blèrent autant de centres, d'où les
vices s'exhalaient, pour se réunir
dans une masse déjà empoisonnée,
se heurter, se combattre, et, par
cette continuelle cohobation, aller
toujours en augmentant d'activité. Je
me crus déjà dans cette atmosphère ;
je me sentis comme suffoqué ; mon
cœur se serra ; l'aimable rêverie
retira son miroir magique ; et la
cruelle vérité ne m'offrit plus que des
objets révoltans. Alors la route eut
toute sa longueur ; je connus la fatigue ; et si je trouvai la force d'arriver

ce fut, je crois, comme on trouve le courage d'avaler, d'un trait, une liqueur dégoûtante.

Il était presque nuit, quand j'entrai dans la ville. Il faisait cependant encore assez clair, et je reconnus beaucoup de ceux qui, autrefois, se disaient mes amis; mais un peu d'obscurité leur offrait le prétexte de ne pas me reconnaître; et les yeux sont si faibles pour appercevoir l'infortuné !

Ils s'applaudissaient, sans doute, d'être dispensés de l'accueil qu'un reste de respect humain les aurait forcés de me faire ; et moi, je me félicitais d'avoir échappé à leurs fausses démonstrations.

Je t'avouerai cependant ma fai-
blesse ; cette défection générale m'a
froissé d'une manière cruelle. Ça
été bien pis, lorsqu'en entrant chez
moi, j'ai trouvé par-tout l'empreinte
de l'abandon et le silence de la
solitude.

Les meubles sont dans le désordre
où je les ai laissés, la poussière
les couvre. Ces insectes des lieux
déshabités, les araignées commencent
à s'emparer des lambris. Des restes
de bougies dans les bras, me rap-
pellent la fête que j'ai donnée en
l'honneur de la perfide Sophie ; et,
dans ce vaste sallon, alors si bril-
lant, si rempli de monde, je suis
actuellement seul, éclairé par une

lumière unique, dont la faible lueur
va graduellement se perdre dans
une attristante obcurité. Je crois
distinguer dans une maison voisine
les éclats de la gaieté ; et, près de
moi, je n'entens que le bourdonne-
ment de quelques mouches, ou,
si je fais moi-même quelque bruit,
il se perd solitairement dans l'espace.
Autrefois, après la plus courte absence, le moment de mon retour
m'amenait une foule de gens empressés. Aujourd'hui, je suis là
depuis plusieurs heures, et personne,
absolument personne...... Eh !
qu'importe que l'infortuné aille, ou
reste ? parte ou revienne ? les gens
heureux s'informent-ils jamais du
coin de terre qu'il occupe ?

Ils ont beau faire, les lâches ! je ne suis point seul, comme il le croyent. J'ai là tes lettres, ô mon ami ! j'ai l'espérance d'en recevoir demain de mon père. J'ai sur mon cœur l'image de Joséphine ; j'ai le souvenir de Germaine, de Bâkis..... Ils ont beau faire, les lâches ! je ne suis point seul, comme ils le croyent.

Adieu....... Mais je ne te quitte pas : je vais relire encore tes trois lettres, que j'ai trouvées à mon arrivée. Les expressions de ta constante amitié sont chaque jour plus précieuses à.....

SAINT-ALME.

LETTRE XIV.

De la Ville,

Le 11 Juin 1772.

Mon attente n'a pas été trompée. Je viens de recevoir une lettre de mon père. Sa santé est bonne. Il a manqué ce fripon de Satervil sur la frontière : mais il y a sçu sa marche, et s'est mis sur sa piste, avec l'intention de le suivre jusqu'à ce qu'il l'ait rencontré.

Maudit Satervil ! je te pardonne le vol que tu nous fais, mais son

absence

absence, dût-il rapporter tout ce que tu nous enlèves, jamais je ne té la pardonnerai.

A présent que mon père est déjà trop loin, pour qu'il me soit possible d'aller sur ses traces, comme sa tendresse le redoutait, à cause de ma santé, il m'instruit de sa marche, me promet des let-tres fréquentes, et me donne le moyen de lui en écrire quelques-unes : faible dédommagement à l'absence d'un père aussi tendrement aimé !

De mon côté, avec les mesures que j'ai prises, ses lettres et les tiennes me parviendront dans le seul endroit où je puisse exister

Tome I. I

désormais. Cela m'a été fort aisé, moyennant des marchés fréquens, qui se tiennent à deux et trois lieues de Haute-Size, et qui correspondent avec la Ville. Il n'y aura plus à présent que la nouvelle du retour de mon père, qui m'y ramènera, dans cette Ville, où je suis aussi oublié que si jamais je n'y avais été connu, où pas un seul être..... J'ai tort. J'en ai rencontré un; mais ce n'est pas parmi ceux de mon espèce.

Un bouvreuil que j'avais confié aux soins d'une voisine..... J'ai voulu le revoir. Dès qu'il m'a apperçu, il s'est agité dans sa cage, est venu, le bec ouvert, se placer

contre le grillage , pour recevoir
mes caresses ; et, pendant qu'il me
becquetait les lèvres , le battement
de ses aîles , et ce petit gazouil-
lement coupé , qui , chez les oiseaux , est le langage du plaisir ,
me prouvaient la joie qu'il avait
de me revoir. Peut-être aussi me
reprochait-il de l'avoir abandonné.
Pauvre animal ! Ne crains pas que je
mérite davantage ce reproche. Je
sais trop combien il est cruel de se
voir délaissé par ceux que l'on
aimait, et dont on se croyait aimé.

D'après l'intention que j'ai de
rester un certain tems de suite à
Haute-Sise , je me suis arrangé
avec un homme qui a un mulet ,

pour y faire porter ce dont je crois
avoir besoin, sur-tout mon fidèle
bouvreuil.

Quoi ! sur le bagage d'un homme,
une cage ! un oiseau !..... Je m'en
garderais bien, si j'allais chez un
de ces citadins blasés, qui ne
soupçonnent seulement pas les
plaisirs simples de la nature. Il
rirait de ma reconnaissance, de
mon attachement pour un oiseau.
Ce serait, à ses yeux, une niaiserie
impardonnable, et je deviendrais
l'objet des plus sottes plaisan-
teries.....

Voici le conducteur de mon
mulet. Il m'attend, et Joséphine
est le terme du voyage. Adieu,

mon ami. Prolonger d'un seul moment le tems passé loin d'elle, est
impossible à

SAINT-ALME.

NOTE.

IL est probable qu'il manque ici une lettre, dans laquelle Saint-Alme rendait compte de son retour à Haute-Sise.

Sans doute aussi, dans cette même lettre, il parlait de l'acquittement de la dette de Germaine; car il n'en dit rien dans aucune autre; et il n'était pas homme à négliger un objet de cette nature.

LETTRE XV.

De Haute-Sise,

Le 20 Juin 1772.

A quels tourmens je viens d'être en proie ! Hier, dans l'après-dinée, un jeune pâtre, filleul de Germaine, est venu la voir, et lui apporter dans une corbeille d'écorce une grande quantité de fraises nouvelles. La corbeille a été placée sur les genoux de Germaine. Joséphine s'est accroupie devant elle. J'étais assis d'un côté, le filleul était de l'autre, et, chacun une cuillère à la main, nous voilà faisant fête au présent du petit pâtre.

Joséphine vient à laisser tomber une fraise sur son fichu. Elle veut la secouer. Une épingle saute ; le mouchoir s'entr'ouvre.... Non, rien ne pourrait te donner une idée de l'explosion qui se fit en moi. J'allais me précipiter à ses genoux : mon œil ardent de volupté, rencontre le regard calme de l'innocence..... Je m'arrête : mais, me jettant sur ce fruit, image imparfaite d'un objet ravissant, je le dévore avec une avidité folle, comme si j'avais voulu me faire illusion, et chercher dans une faible ressemblance, un dédommagement à la privation de la réalité.

Quand il n'y en a plus eu , je suis sorti brusquement , et suis allé me promener dans les bois ; et, là , mon imagination n'a pas cessé de tenir entr'ouvert devant moi le mouchoir de Joséphine.

Cette nuit , j'étais couché depuis long-tems. L'agitation de mes sens toujours la même , éloignait de moi le sommeil. J'entends du bruit. Germaine était incommodée.

Joséphine se lève. Des rayons de lumière , arrivans sur mon lit à travers les trous du pan de tapisserie qui le sépare du sien , mas-sûrent que la lampe est allumée.

Sans doute Joséphine, sans défiance, est dans un désordre dont mes yeux peuvent profiter. Le mauvais état de la tapisserie peut me servir. L'amour, le desir, toutes les passions me conseillent....... Mais l'hospitalité violée ! mais l'innocence surprise !..... Non. Pour mériter un être céleste , il faut savoir être au-dessus de l'humanité. J'en eus le courage.

Mais , obligé de renouveller sans cesse mes efforts, pour me résister à moi-même , mon haleine était étouffée et brûlante ; mon sein était le foyer de tous les desirs ; le feu le plus âcre circulait dans mes veines; et ce fut dans un enfer que j'achevai cette cruelle nuit.

Dès que le jour a paru, je me suis de nouveau sauvé dans les bois. Le grand air, la solitude, la fraîcheur du matin, ont un peu diminué mon effervescence, et je suis venu chercher dans le sein de l'amitié, un allégement aux tourmens de l'amour. Adieu.

SAINT-ALME.

LETTRE XVI.

De Haute-Sise,

Le 27 Juin 1772.

C'EN est fait, mon ami. Mon sort est décidé.

Tu sais que je me suis long-tems amusé à peindre, mais plus le paysage que la miniature : et, si je me suis occupé de ce dernier genre, je n'ai jamais été assez loin pour oser seulement essayer un portrait. Je viens d'être plus hardi. L'amour conduisait mes pinceaux : le succès

a couronné mon audace. Joséphine
est d'une ressemblance !..... Je veux
dire que j'ai rendu ses traits avec
vérité ; car cette expression angé-
lique, que donnent à sa phisionomie
les affections douces de son ame ,
il n'est point de talent possible, qui
ne vint y échouer.

Quand j'ai eu fini , Germaine ,
qui avait été dans une admiration
continuelle , tant qu'avait duré mon
travail , demanda à Joséphine *ous'*
qu'elle mettrait c'te belle image là ?

» Cela se donne , » lui dis - je ,
» à la personne que l'on aime da-
» vantage , et c'est le don le plus
» précieux..... ». En même tems,
rassemblant mon courage , et dans

Tom. I.   K

l'état d'un homme qui , voulant se soustraire à des souffrances inendurables , prendrait un breuvage , dont il devrait , en un seul instant, recevoir la santé ou la mort , je présente à Joséphine son portrait, afin qu'elle en dispose.

Elle rougit , baisse les yeux..... Mon cœur s'ouvre à l'espérance..... Elle fait un mouvement qui indique qu'elle va le prendre..... J'éprouve le serrement de la frayeur...... Elle s'arrête..... Mon cœur se dilate de nouveau..... Un second mouvement semblable au premier me fait frémir..... Enfin elle avance lentement la main, le reçoit..... Mon sang se glace ; mes artères

cessent de battre ; je me sens dé-
faillir.....

Cependant Joséphine paraît op-
pressée. Ses yeux vont alternati-
vement du portrait à moi, de moi
au portrait. Un regard semble me
dire : -- « Il est à toi, si tu le
» demandes ». Ce regard me rend
à la vie ; et, retrouvant le courage
avec l'espoir : -- « S'il appartenait
» à qui vous aime le mieux, » lui
dis-je d'une voix tremblante, « je
» n'aurais pas dû vous le rendre ».

« -- Eh, bien ! » dit Germaine,
» s'il faut vous parler vrai, vous
» êtes aussi stilà qui lui plaît par-
» dessus tout ».

Elle n'avait pas fini, que Joséphine

s'était précipitée sur son sein : et moi, me jettant à genoux, m'emparant de la main qui tenait le gage de mon bonheur, la couvrant de baisers, l'inondant de larmes brûlantes..... Mes expressions ne l'étaient pas moins. L'accent, le désordre qui les accompagnaient, y ajoutaient encore. En un mot, tout ce qui peut peindre l'amour le plus effréné, l'amour me l'inspirait.

Cependant l'air plus qu'étonné, dont Germaine m'écoutait et me regardait, me rendit à moi-même. La crainte que j'avais toujours eue d'inspirer par mon impétuosité plus d'effroi que d'amour, revint me frapper ; et , la délicatesse me faisant un devoir de me contenir , je substituai le langage doux et pénétrant de la tendresse , au dé-sordre de la passion. Alors Joséphine qui , jusques-là , était restée cachée sur le sein de Germaine , se relève, tourne vers moi ses beaux yeux qu'un trouble voluptueux embellit encore ; et , me donnant le por-trait..... « Il ne pouvait être que » pour vous , » me dit-elle d'une voix altérée.

Je ne pus lui répondre , tant j'étais suffoqué de sensations en-nivrantes. Je prens l'image chérie. Je l'appuie contre mon cœur. . . . . Elle n'aurait plus quitté cette place que pour être sur mes lèvres : mais il n'y a pas moyen ici de la mettre sous glace. Mes vêtemens, la chaleur de mon sein, mes baisers auraient pu ternir..... C'eût été un sacrilège : les privations m'épouvantèrent moins.

Je mis le portrait dans une petite boëte qui se trouva là, en attendant que je retourne à la Ville ; et, dès qu'il sera monté, il ne quittera plus la seule place qu'il doit occuper, tant que Saint-Alme respirera.

Lorsque le trouble de Joséphine fut un peu dissipé, elle me raconta, avec une simplicité touchante, comment, du premier instant qu'elle m'avait vu, son cœur avait *tressauté*; comment elle n'avait pas dormi la nuit suivante , ni celle d'avant *ma partance* , ni celle d'après mon retour ; combien elle avait été triste pendant mon absence ; comment elle avait toujours la *poitrine pleine de gros soupirs* , et *l'œil prêt à larmoyer*.....

Germaine nous témoignait sa joie , remerciait le ciel d'avoir amené à sa chère Joséphine *un amoureux* digne d'elle.

Nous nous réunissions pour lui demander le retour de mon père , de ce père chéri, loin duquel je ne puis connaître de jouissances pures, à qui je serai si fier de présenter l'être céleste, que je veux lui donner pour second enfant.

C'est ainsi que notre journée s'est passée à *deviser* délicieusement. Non pas qu'il n'y eût de longs silences ; mais c'était peut-être alors que nous disions davantage. L'esprit parle beaucoup, parce que toutes les expressions lui sont bonnes ; le sentiment éprouve sans cesse l'impossibilité de s'exprimer sans s'affaiblir.

Adieu, mon ami. Que le ciel veille sur mon digne père, sur toi ! Qu'il vous ramène l'un et l'autre, et que je reçoive, sous vos auspices réunis, le titre d'époux de Joséphine ! il ne restera plus de vœux à former à l'heureux   SAINT-ALME.

P. S. J'ai dit à Joséphine l'inquiétude que m'avait causée le jeune homme dont je t'ai parlé (1). Elle m'a avoué, avec sa franchise ordinaire, qu'en effet, *depuis le renouveau*, il paraissait vouloir être *son amoureux* ; mais qu'il ne lui avait pas encore *parlé*, et qu'elle n'avait jamais été disposée à *l'écouter*.

Tu juges, mon ami, combien cette assurance à ajouté à mon bonheur. Le congé d'un rival déjà accueilli peut flatter l'amour-propre, mais coûte à la délicatesse ; et la

_____

(1) Lettre XVI, page 69 et suiv.

gloire d'enlever une conquête n'est
rien auprès du plaisir pur et délicat
de créer un cœur à l'amour.

LETTRE XVII.

De Haute-Size,

Le 1 Juillet 1772.

Nous avons eu , hier , une visite de Bâkis , dont les détails pourront t'amuser. Germaine m'a demandé la boëte dans laquelle est le portrait , afin de le lui montrer , en lui proposant seulement de voir Joséphine. (Elle n'était pas là dans le moment). Tu ne peux rien imaginer de plus plaisant que la

mine de ce pauvre homme à l'ou-
verture de la boëte.

Il a fait un saut en arrière, et,
tendant le cou de toute sa longueur,
pour trouver, par cette attitude,
le moyen de toujours voir sans
diminuer la distance à laquelle la
frayeur le tenait, il est resté,
bouche béante, œil fixe, et n'osant
respirer. Après un certain tems,
poussé par la curiosité, encore
plus retenu par la crainte, il s'est
baissé, a regardé sous la boëte, en
a fait deux ou trois fois le tour,
tantôt se baissant jusqu'à terre,
tantôt s'élevant sur la pointe des
pieds, afin de voir sous tous les
aspects possibles, quelquefois s'approchant

prochant doucement et bien peu, ensuite se reculant brusquement et beaucoup, toujours marchant avec la précaution d'un chat qui craindrait un piège, faisant les mêmes mines, enfin, indiquant par ses gestes, comme par ses exclamations, qu'il croyait voir la vraie Joséphine, ainsi réduite et *désanimée*, s'il est possible de faire le mot. Cette idée s'est graduellement emparée de lui, au point que, tombant à genoux, et joignant les mains avec ferveur, il s'est mis à conjurer *la petite femme de redevenir grande.* Des larmes accompagnaient cette singulière prière.

Cependant Joséphine rentre. Au

Tome I.   L

bruit qu'elle fait, Bâkis se retourne, l'apperçoit, tombe tout-à-fait pros-terné, appelant à son aide je ne sais combien de Saints, et reste quelques instans dans cette posture. A force de lui parler, Joséphine le détermine à se relever. Alors, pâle, tremblant, il regarde plusieurs fois le portrait et le modèle, le modèle et le portrait. Insensiblement son air reprend de l'assurance ; le câhos de ses idées se débrouille succes-sivement ; il finit par entrevoir la vérité.

Aussi-tôt voilà mon homme qui se met à sauter, à gambader, à faire mille contorsions plus gro-tesques les unes que les autres,

riant à Joséphine, à son portrait, caressant les vêtemens de celle-ci, baisant la boëte qui contenait celui-là, adressant les plus drôles de complimens à l'une et à l'autre......
Après avoir fait, à son gré, assez de folies, il nous a quittés, en nous annonçant qu'il allait chercher tout le monde.

Il n'y a pas manqué. Il est allé, toujours courant, donner dans le pays une espèce d'alerte, en disant que le brave ami était sorcier, qu'il avait mis Joséphine dans un petit coffre. [Il désignait la grandeur de la boëte]. Ces bonnes gens qui, n'ayant jamais vu de portraits, ne pouvaient rien deviner à son bavardage, n'en furent que plus empressés d'accourir.

Tant que la journée a duré, il en est venu. Ils ne se sont pas épouvantés comme Bâkis ; les tableaux de l'église , et quelques images qui sont chez le curé , se sont , dès le premier moment, présentés à leur esprit; mais leurs diverses mines de surprise et d'admiration , leurs exclamations , leurs remarques singulières m'ont incroyablement amusé.

Ce n'est pas tout encore. Le premier objet que j'apperçois ce matin , c'est Bâkis , assis à la porte de la cabanne , où il me dit qu'il était depuis *tant plus long-tems* avant le jour , guettant mon réveil , et voulant me prier *de faire aussi lui petit, de même que Joséphine.*

Après avoir beaucoup ri de sa proposition , je me suis prêté à son desir. J'ai rapidement esquissé son profil en pied. J'ai joint au trait un peu de lavis colorié. Il en est résulté un ensemble qui avait de l'effet. Il n'en fallait pas davantage.

A peine m'a-t-il donné le tems de finir. Dès qu'il a tenu le papier, il a couru vers une flaque qui est à quelques pas. Là, se faisant de l'eau un miroir, il a comparé l'original et la copie, a marqué sa joie par de nouvelles singeries, puis est parti

en disant qu'il allait *promener par-*
tout le petit Bâkis.

Crois – tu , mon ami , que de
pareilles scènes ne vaillent pas ces
mensonges que le théâtre présente
aux ennuiés citadins ? Adieu.

S A I N T – A L M E.

LETTRE XVIII.

De Haute-Sise,

Le 4 Juillet 1772.

O Abailard ! O Saint - Preux ! Celui-là seul concevra votre ivresse, qui, comme vous, aura connu le bonheur d'être l'instituteur de ce qu'il aime ! Je la goûte à présent, cette jouissance à la fois si vive et si douce.

Dans un pays, où quelques livres que j'ai apportés m'ont donné la plus belle réputation de dévotion,

parce que ces bonnes gens croyent
qu'il n'y a au monde que des livres
de prières , tu juges combien de
choses devait ignorer Joséphine.
Mais le ciel lui a departi une
pénétration , une sagacité incroya-
bles , et , semblable à ces terres
vierges dont la plus faible culture
obtient des récoltes prodigieuses,
ses progrès sont surprenans , même
pour moi. Dans peu de tems , elle
aura acquis ces connaissances premières , dont , à chaque instant,
on recueille les fruits , et qui ne
peuvent altérer cette simplicité de
mœurs préférable à toutes les sciences
possibles.

Et ce sera mon ouvrage ! Ce

sera moi qui aurai taillé pour moi
ce superbe diamant !

Que de jouissances cette éduca-
tion me promet ! Combien elle
m'en procure déjà ! L'empressement
de Joséphine à demander mes leçons,
l'avidité avec laquelle elle les reçoit,
sa touchante reconnaissance pour
son maitre, l'idée si flatteuse d'ajouter
encore à la perfection de la nature,
de créer, pour ainsi dire, une seconde
fois l'être que je chéris, de mul-
tiplier ses plaisirs en étendant ses
moyens, d'ajouter à mon bonheur
celui qu'elle me devra.....

Et les leçons elles-mêmes. Quoi
de plus délicieux ! Serré contre
elle, nos haleines presque con-

fondues, sa voix que la crainte de se tromper rend incertaine, ce doux regard où se peint le desir de mériter mon suffrage, cette joie si naïve, et empreinte d'une certaine fierté, qui accompagne chacun de ses succès, l'expression particulière du remercîment qui termine chaque leçon..... Mon ami, il faudrait qu'il fût de marbre, l'instituteur qui resterait froid, même avec une écolière ordinaire. Juge donc ce que doit être, auprès de la céleste Joséphine, un maître aussi ardent que

SAINT-ALME.

LETTRE XIX.

De Haute-Sise,

Le 7 Juillet 1772.

LE portrait de Bâkis m'a valu
grand nombre de pratiques. Hommes, femmes, jeunes gens viennent
de toutes parts me prier *d'écrire
leurs figures* ; celui-ci pour donner
à sa femme, celle-là pour son mari,
son père, ses enfans ; les garçons,
les jeunes filles ne disent pas les
destinations : mais elles se devinent,
et les échanges sont arrêtés d'avance.

Je me prête volontiers aux desirs de ces bonnes gens. Il est si doux d'obliger , quand on est sûr du plaisir que l'on fera !

Au surplus , en me bornant à des profils lavés en couleur, je n'ai pas grand'peine à attraper les ressemblances. Les gens de la campagne ont des traits fortement prononcés , des caractères de tête bien distincts, des habitudes de corps constantes, des cheveux analogues à la phisionomie , et toujours dans leur état naturel, enfin une foule de choses faciles à saisir. Sur-tout , ils ne sont ni exigeant que le peintre les flatte, ni altérés par cette politesse citadine, qui, en prescrivant à chacun , dans

les

les manières , comme dans les discours , les mêmes formules de fausseté , dispose tous les visages à prendre la même expression.

Cependant j'aurais pu , malgré le peu de peine que j'ai , faire ici une sorte de fortune. Les premiers qui sont venus me prier *d'écrire leurs figures* , accompagnaient leur demande d'un hommage quelconque ; paniers d'œufs, piles de fromages , poules , poulets , jusqu'à des che-vreaux , des agneaux même ; et ce n'a pas été sans beaucoup de difficulté que j'ai obtenu que l'on se réduisît à des fruits (1) qui ne

_____

(1) Les montagnes sont pleines de

Tome I.   **M**

coûtent que la peine de les cueillir, mais qui deviennent des présens par la nécessité de descendre à peu-près d'une demi - lieue, pour en trouver.

A la ville, un talent qui, dans les mêmes proportions, produirait autant d'effet, pour un vain renom qu'il pourrait valoir, mettrait celui qui l'aurait, en butte au déchaînement de l'envie. Ici, je recueille une reconnaissance vraie; et cette moisson

---

fraises, de framboises, de cerises sauvages, qui sont à tout venant, et dont la durée se prolonge, parce qu'ils sont précoces ou tardifs, suivant la hauteur et l'exposition du local.

est bien plus précieuse que la gloire,
au gré de ton ami,

SAINT-ALME.

LETTRE XX.

De Haute-Sise ,

Le 25 Juillet 1772.

———

NE me crois donc pas, mon ami, dans un séjour affreux. Il est agreste, sauvage même, si tu veux, et, au premier coup-d'œil, ne semble pouvoir être, comme je te l'ai mandé, que le repaire des ours : mais combien il offre de beautés dont n'a pas l'idée celui, qui ne connaît que l'insipide uniformité des plaines, ou qui n'a vu les montagnes qu'en perspective, et sans pénétrer dans leur sein !

Figure - toi, à une hauteur déjà considérable, un vallon d'une centaine d'arpens, au plus, encadré, de trois côtés, par des cîmes de monts ; au milieu, une prairie ; au tour, en commencement d'amphitéâtre, des champs que garnissent actuellement le sarrazin, la pomme de terre en fleurs, et sur lesquels sont jetées, çà et là, quelques masses d'arbres fruitiers, qui environnent autant de cabannes ; un peu plus haut, d'épaisses forêts de châtaigniers ; au - dessus encore, de plus épaisses forêts de sapins, de mélèzes ; et sur les dernières cimes, la neige de tous

M 3

les siècles , à travers laquelle on
voit percer , par intervalles , des
pointes grisâtres de rocs , la plupart
brisés et sillonnés par la foudre.

Le quatrième côté du cadre est
ouvert. Là, l'œil passe par-dessus
un nombre infini de masses aussi
énormes que variées , et embrasse
une étendue immense de pays.

Au milieu du vallon se réunissent
plusieurs ruisseaux. L'un est formé
par une source qui sort de terre
entre les racines noueuses d'un
chêne antique. Un autre serpente
dans les rochers et dans les touffes
de genièvres , se montrant , se ca-
chant , et se remontrant sans cesse.
Un autre encore , tombant à pic

d'une hauteur de plusieurs toises, déploie en l'air un ruban, sur lequel les rayons du soleil réfléchissent les couleurs de l'Iris.

Ces divers ruisseaux viennent en former un seul, qui, dans sa course tranquille et sinueuse, arrose et fertilise la prairie. Tout à coup le terrain lui manque. Il se précipite en nappe, et va tomber, avec un fracas effrayant, dans un précipice qu'il remplit d'écume. De-là, il serpente dans le fond d'une gorge, que sans doute il a creusée ; et ses effets s'y varient à l'infini, suivant que la pente est plus ou moins forte, et qu'il rencontre des obstacles, ou qu'il peut courir libre-

ment. Ici, il se répand sur un lit
de cailloux; là, retenu par de vieux
troncs que la dégradation du sol
a fait tomber en travers, il forme
un bassin, d'où il s'échappe, par
cascades inégales, sur des rocs qui
le divisent de nouveau. Plus loin,
un talus rapide le porte avec impétuosité contre un quartier de
rocher que lui-même a roulé jus-
ques - là, dans ses momens de
force. Le flot écume, mugit, se
brise, et, après avoir bouillonné
l'espace de quelques pas, va s'enfoncer dans un bois, au milieu
duquel il reste perdu pour le spec-
tateur placé où je suis.

Ainsi un même coup - d'œil

réunit l'utile et paisible ruisseau, le torrent bruyant et destructeur. Ainsi chaque pas peut offrir des aspects variés et des contrastes frappans.

En foulant aux pieds la verdure émaillée de la prairie, on peut appercevoir ensemble, ou successivement, le rouge des bruyères, le verd foncé des châtaigniers, le noir lugubre des sapins, et le blanc éblouissant de la neige, qui va se confondre dans le blanc azuré des nuages. Pendant que le silencieux rouge-gorge sautille gaîment devant vous de buisson en buisson, l'oiseau de proie s'élance du haut des monts. Son cri désagréable avertit qu'il plane dans les airs, où, après l'avoir long-tems cherché, on le découvre dans un éloignement qui le réduit à un point presqu'imperceptible.

Ici, le chant harmonieux du rossignol, ou le gasouillement bruyant et gai de mille oiseaux. Là, un morne silence, ou les accens plus mornes encore de l'oiseau de nuit, qui, affligé du retour du soleil, ne cesse de répéter, après des repos d'une durée égale, deux ou trois sons tristes et monotones.

Souvent même, l'écho répète, à la fois, le bêlement des troupeaux, l'aboiement du chien fidèle, les fréquens refrains de l'antique romance

que le pâtre chante en rêvant à son
amie , les roulemens sourds du
tonnerre, précurseur de l'orage ; et,
pendant que l'oreille est, en même
tems, si diversement frappée , pendant que l'œil se plaît à voir la
marche lente du berger , les ondes
que le troupeau forme en parcou-
rant des lieux inégaux , les écarts
de la chèvre vagabonde , les courses
inquiettes et continuelles de leur
vigilant gardien ; le loup féroce et
rusé paraît dans le lointain , et , se
coulant sur la lisiére du bois, l'oreille
basse , le cou tendu , la marche
furtive , semblable en tout au lâche
qui n'a de courage que contre les
faibles , il est toujours guettant un

moment de négligence, pour se jetter sur sa proie.

Plus loin, auprès des neiges, passe rapidement l'agile chamois, animal doux et paisible, mais que l'on n'en poursuit pas moins, parce que sa dépouille est utile, et dont la race serait déjà anéantie, si les roches les plus escarpées ne lui offraient des retraites contre lesquelles vient échouer la cupidité des chasseurs.

Que d'autres traits encore, dont les variétés et les contrastes enrichissent le tableau, mais qui se refusent à la description, ou qui la prolongeraient à l'infini !

Hier, par exemple, le soleil dardait

dardait ici l'or de ses rayons, pendant que, sous mes pieds, la foudre sillonnait des nuages qui s'entrechoquaient, et se versaient par torrens sur la plaine.

A l'instant où j'écris, déjà il faut, dans les villes, recourir à la fatiguante clarté des flambeaux, et le jour ne finira pour moi, que dans une demi-heure. Il en est de même à sa naissance. On dirait que le soleil craint d'éclairer trop long-tems des lieux d'où les vertus sont bannies. Jusqu'à l'air qui, là, n'est qu'une masse épaisse, viciée et sans ressort, tandis qu'ici, pur et léger, il semble être l'emblême comme le véhicule de l'indépendance.

Tom. I. N

Je t'avouerai même un mouvement d'orgueil auquel je ne puis résister, lorsque je me figure, là bas, ces villes dont les habitans ne seraient, du point où je me trouve, que des pygmées qui échapperaient à la vue.

Enfin, mon ami, dans le séjour que je viens de te décrire, au milieu des sensations fortes et multipliées que chaque aspect renouvelle, place un être céleste dont on est chéri, que l'on idolâtre, et jugé s'il peut exister un lieu qui plaise davantage au sensible

SAINT-ALME,

LETTRE XXI.

De Haute-Sise,

Le 2 Août 1772.

JE viens de faire une découverte dont je frémis encore, en songeant au danger que Joséphine a couru jusqu'à ce jour.

Des pierres ponces, que j'ai trouvées près de son habitation, ont excité ma curiosité. Bientôt j'en ai déterré un grand nombre, ainsi que des laves bien caractérisées. En un mot, un examen suivi de la

N 2

nature et de la forme du terrain, m'a prouvé que la cabanne de Germaine est établie sur le bord du cratère d'un ancien volcan (1). Je m'en suis entièrement convaincu par les détails que la tradition conserve dans le pays. On y est même persuadé que la terre, en cet endroit, n'est qu'une croute plus ou moins épaisse..... On en est persuadé ! et Germaine, et ma Joséphine y habitaient avec sécurité !

Eh ! mon Dieu ! N'en faisons-

---

(1) Toutes les montagnes de la France contiennent beaucoup de volcans éteints.

nous pas tous autant ? Quel est
celui qui doit compter sur le sol
qui le porte ? S'il en est, ce ne
peut être que le pauvre. Il pèse si
peu sur la terre ?

Le champ qui appartient à Germaine, est en forme de lisière,
dont une extrémité est assez loin
de l'endroit dangereux. J'ai proposé
d'y faire construire une cabanne......
Je sais que c'est une vaine terreur;
mais, quand il s'agit de ce qu'on
aime, on sent toutes les raisons de
craindre, on n'en apperçoit pas
une seule de se rassurer. Et puis
il m'est si aisé de me satisfaire !

On n'élève qu'avec beaucoup de
tems et d'or, ces palais, prisons

N 3

superbes, dont, ensuite, les fastueux possesseurs se lassent en vain, parce que, pour en changer, il faudrait de nouvelles années et de nouveaux trésors; mais une cabanne comme celle de la mère Germaine !...

Il m'a semblé que cette expression de *cabanne* t'avait surpris. Voici l'occasion de te dire qu'ici les habitations ne sont en effet rien de plus.

Quelques pièces de sapin à moitié écarries ; de l'une à l'autre, de grosses branches entrelacées, ensorte que, dans cet état, l'ensemble représente un immense panier ; du torchis pour masquer cette charpente : voilà les trois quarts d'une

labitation. Un seul côté est en
pierre, à cause de la cheminée et
du four, et le tout est recouvert
de chaume.

Je ne te parle pas du papier
huilé, qui remplace les vitres; on
en voit encore dans quelques villes :
mais je te surprendrai sûrement, en
te disant qu'ici il n'y a pas une
seule serrure, et que les portes
ne sont fermées qu'avec une che-
ville de bois, qui, soit du dehors,
soit du dedans, peut être mise et
ôtée, à l'aide d'un bouton. C'était
sans doute ainsi qu'était close la
maison, dans laquelle l'ogre, s'étant
établi, disait au petit chaperon
rouge :

« Tirez la bobinette, la chevillette chéra. »

Que faut-il de plus à des habitations dont les propriétaires n'ont rien qui puisse tenter la cupidité, et sont toujours prêts à partager le peu qu'ils ont?

Adieu.

SAINT-ALME.

LETTRE XXII.

De Haute-Sise,

Le 10 Août 1772.

HIER, à mon lever, j'entens du bruit vers l'endroit où je me proposais de faire construire une autre cabanne. J'y vais. Figure - toi ma surprise.

La charpente à moitié assemblée ; des hommes y travaillant avec une activivité incroyable ; des femmes disposant les branches destinées au remplissage ; Bâkis préparant le

torchis, et chantant à tue-tête :
-- « Courage Bâkis ; c'est pour le
» brave ami ; c'est pour sa José-
» phine ; c'est pour mère Germaine :
» courage, Bakis ; courage ». -- Jusqu'à des enfans qui transportaient
le chaume avec lequel on devait
faire la couverture.

J'approche. Je reconnais toutes
les figures dont j'avais fait les
portraits.

Je ne puis te dire ce que me
fit éprouver un pareil spectacle....
Car je connaissais trop ces braves
gens, pour ne pas les déviner tout
de suite. D'ailleurs, l'appât du gain
ne conseille pas ainsi. Il n'y a que
l'obligeance qui puisse donner autant

de zèle. Aussi me gardai-je bien
d'offrir aucun salaire. On afflige,
on outrage le bienfaiteur délicat,
en lui croyant des vues intéressées ;
mais j'avais de quoi les payer à
leur gré de ce qu'ils faisaient pour
moi ; c'était d'y paraître sensible ;
et il m'était aisé de m'acquitter.
J'étais touché jusqu'aux larmes.

« Mes amis, mes bons amis, »
leur dis-je, « recevez mes vifs
» remercîmens ». En même tems,
j'embrassai celui qui se trouva le
plus près de moi. Je présentais
l'accolade à un second..... Bâkis a
vu la première. Le voilà qui, crainte
de perdre le tems d'un détour,
s'élance au travers de la glaise qu'il

préparait, s'y enfonce jusqu'à mi-
jambe, et vient, en cet état, se
jeter à mon cou, en s'écriant :
— « Brave ami, embrasse aussi
» Bâkis ; Bâkis bien travailler »....
Puis s'appercevant qu'il a mis un
peu de terre à mon habit, il court
au ruisseau, y remplit d'eau son
bonnet, qui, tu le penses bien,
n'en aurait pas gardé une goute....
On parvint à le détourner de son
projet ; mais ce ne fut ni aisément,
ni sans en avoir beaucoup ri.

Cependant, voulant donner à ces
bonnes gens quelque chose en
échange de la peine qu'ils pre-
naient, je leur ai proposé une
fête...... Oui, Dorval, une fête ;
et

et c'est aujourd'hui, qu'elle a eu lieu.

Des tourteaux, du laitage, du miel, les fruits de la saison, une course à un village distant d'une lieue, et deux ou trois écus employés à y acheter différentes choses, voilà toute la dépense du repas. Un gros châtaignier, quelques ramées arrangées avec soin, et serrées de manière à intercepter exactement les rayons du soleil, un terre-plain que Bâkis a battu, ont fait les frais de la salle.

Pour orchestre, tantôt une flutte du genre des galoubets, tantôt une musette, souvent la voix de quelque jeune fille ; et alors les airs de

Tome I.   O

danse avivés par des paroles, dont
quelques - unes ne sont pas absolument mal. Tu peux en juger par
les couplets que je joins ici. Ce
sont les seuls qui puissent être mis
en fançais, sans être trop *détrangés*.

Babet, lui disait-on sans cesse,
Au tems des amours et des jeux,
Il faut céder à la tendresse ;
Sans elle on ne peut être heureux.
   Aimez, dansez, fillette,
      Sur l'herbette :
   La gaieté, les amours
      Font les jours
         Courts.

Babet restait indifférente,
Et répondait avec dédain :
» N'espérez jamais que je chante,
» Comme les autres, ce refrain.
   Aimez, dansez, fillette,
      Sur l'herbette :
   La gaieté, les amours
      Font les jours
         Courts.

O 2

Mais à la fête du village
Il parut un berger charmant,
Qui lui parla dans le bocage......
Babet s'en revint en chantant:
   Aimez , dansez, fillette,
    Sur l'herbette :
  La gaieté , les amours
    Font les jours
     Courts.

Je ne te parle pas de la joie vive et franche de mes convives. En récit , ce ne serait rien. En réalité..... Tout ce que je puis te dire , c'est que voilà la première véritable fête qu'ait jamais vue ton ami,

SAINT-ALME.

LETTRE XXIII.

De Haute-Sise,

Le 16 Août 1772.

EH! vite, que je te fasse part d'un objet important. Une terre que je vais acquérir, au moins la moitié du vallon de Haute - Sise ; et ce sera bien véritablement une terre ; parce que le seigneur (celui dont l'intendant voulait traiter si durement Germaine), ennuyé de la peine que donne la perception de ses droits dans un pareil canton, en acceptera

O 3

le rachat , tant que je voudrai. Et tout cela sera l'affaire de quelques centaines d'écus.

Ce terrain tient à celui de Germaine (que j'affranchirai aussi), et est situé du côté de la nouvelle cabanne , qui se trouve sur le bord d'un pré charmant , presqu'ovale, abrité des vents du Nord par une portion de montagne bien boisée. Du côté du midi , sont quelques rangées de châtaigniers dont l'épais feuillage intercepte les rayons du soleil , l'été , et qui , l'hiver, les laisseront passer à travers leurs branches dégarnies. Ce pré étant fort petit , je le sacrifie à l'agrément. Jamais il ne sera ni fauché,

ni pâturé. Ce sera sur son herbe
épaisse que mes enfans essaieront
leurs forces, qu'ils s'ébattront....

Mon ami, je vois déjà leur groupe
intéressant, l'un sur mes genoux,
l'autre se roulant à terre, le plus
jeune pressant le sein de sa mère,
tous se jouant avec mon père, avec
Germaine, avec toi, mon bon ami;
car il faut que tu finisses par être
des nôtres; et déjà la place de ta
cabanne est marquée en face de la
mienne.

J'ai de même fixé les places où
l'on construira celles de mes enfans,
lorsqu'ils se marieront; car sûrement ils ne voudront s'unir qu'avec
gens disposés à partager leur ten-

dresse pour nous, et jamais nous ne nous quitterons.

Mais vois donc, je t'en prie, ce joli tableau. Toutes ces cabannes rangées en demi-cercle, occupées par une même famille, dont les sentimens les plus tendres font le commun bonheur ; et, dans un beau jour de printems, toute cette famille rassemblée sur le pré, la troupe de bambins folâtrant sur le gazon, les uns s'exerçant à la course, les autres à la lutte ; celui-ci construisant gravement une cabanne avec des buchettes ; celui-là, pour se faire chercher, se tapissant derrière un arbre, où ses ris le trahissent bientôt....

Et cette cavalcade qui anime le coin du tableau ? C'est la chèvre favorite, que deux pages conduisent par les cornes, tandis que sur son dos est la Madame, avec la dignité d'une Châtelaine.

Et la sollicitude des jeunes mères qui, à la moindre chûte, oublient la molesse du gazon, et croyent tout perdu !

Et ces touffes de fleurs que les enfans nous apportent, parmi lesquelles nous choisissons les plus belles pour mon père, pour Germaine !

Et ces deux respectables vieillards, à qui la joie semble ôter des années, qui sourient à l'un,

caressent l'autre, parlent à un troisième, et font le bonheur de tous !

Et les veillées, quand l'hiver
sera venu.

Et les fêtes qu'amènera le moindre
événement.

Et les bénédictions du pauvre qui
trouvera toujours, près de nous, accueil et assistance.....

On reproche à l'homme de ne
demander qu'à vieillir. Je le con-
çois ; et je t'assure que, sans les
plaisirs qui précéderont ceux qui
m'attendent à cette époque, je
voudrais y être déjà. Mais jusques-
là, combien de jouissances encore
le ciel réserve à ton ami,

SAINT-ALME.

LETTRE XXIV.

De Haute-Sise,

Le 22 Août, 1772.

IL ne manquera bientôt plus rien à mon bonheur. Mon père m'annonce son retour. C'est dans cinq ou six jours, au plus tard, que je pourrai serrer dans mes bras ce père si tendre et si tendrement aimé.

Son voyage a été inutile. Ce coquin de Satervil, dans ses courses aussi nombreuses qu'elles ont été incertaines et variées, s'est trouvé à Spa, où il a perdu, en une seule séance, tout ce qu'il avait emporté. Dans la nuit, il s'est tiré un coup de pistolet.

Ainsi un fripon, qui ne craint pas la mort, peut, au risque d'un court instant de douleur, immoler à son luxe une foule de citoyens honnêtes.

Au surplus, mon père, qui, dans la tentative qu'il vient de faire, avait principalement mon bien être en vue, convaincu à présent du peu de prix que je mets aux richesses, n'a point été autrement affecté de cet événement.

Quant à moi, je serais tenté de m'en applaudir. J'en suis d'autant plus

plus assuré qu'il donnera son con-
sentement à mon union avec Joséphine. Peut-être, sans ce revers,
aurait-il cru devoir s'opposer à ce
que j'unisse mon sort à celui d'une
fille sans bien, persuadé que, sans
la fortune, on ne peut être heureux ;
et tant qu'aurait duré cette erreur
de sa tendresse, elle aurait fait le
malheur de ton ami,

SAINT-ALME.

Nota. *Il a précédemment reçu
plusieurs fois des nouvelles de
son père, et n'a jamais manqué
d'en faire part à Dorval : mais*

ees articles étant à-peu-près
toujours la même chose, et
souvent très-diffus, on les a
supprimés, pour ne pas ralentir
la marche.

LETTRE XXV.

De la Ville ,

Le 24 Août 1772.

DIEU ! Dieu ! Que sont les vains projets des hommes !

Au moment où je croyais toucher au bonheur, je suis menacé du plus terrible événement. Au moment où mon cœur s'ouvrait à la douce espérance d'embrasser mon père , de jouir de ses tendres caresses. . . . . Une lettre de lui , écrite d'une main si tremblante, que j'ai eu peine

P 2

À la lire, m'apprend qu'une chûte affreuse..... C'est auprès de N.... On la transporté dans cette ville. Je pars à l'instant. J'y serai aussitôt que possible à la plus grande vîtesse de la poste.

Grand Dieu ! entens mes prières : vois mon désespoir : ne m'accable pas de ce coup horrible.

Et toi, ô mon ami ! Unis tes veux à ceux de

SAINT-ALME.

LETTRE XXVI.

De N......

Le 30 Août 1772.

Nota. CETTE lettre était si effacée par les larmes de Saint-Alme, que Dorval put à peine en lire quelques lignes, qui lui apprirent que son ami n'était arrivé à N..... que pour recueillir les derniers soupirs de son pére.......

P 3

LETTRE XXVII.

Du Château de.... (*prison d'état*).

Le 24 Février 1775. (1).

VOIS, mon ami, de quel lieu cette lettre est datée, et ne sois plus surpris du siècle qui s'est écoulé sans que tu ayes reçu de mes nouvelles. Je l'ai traîné dans les horreurs d'une prison, dans les angoisses du désespoir.

Je venais de répandre sur la

---

(1) Combien cette datte, et en général celles de toutes les lettres, sont intérieures à l'époque de leur édition.

tombe d'un père chéri , ces larmes
amères , dernier tribut , et faible
soulagement d'un cœur sensible et
déchiré. A cette journée affreuse
avait succédé une nuit plus affreuse
encore. La certitude de ne pas
trouver de repos m'avait empêché
d'en chercher. J'avais passé la nuit
entière à marcher dans ma chambre ,
à m'agiter, et , le dirai-je ? à reprocher au ciel le coup terrible
dont il me frappait.

Vers la pointe du jour , anéanti
par tant de fatigue , je m'étais
jeté dans un fauteuil , où j'allais
céder à cette torpeur qui tient lieu
de sommeil à l'homme que la douleur accable.

J'entens ouvrir ma porte. Je regarde. J'apperçois trois hommes, dont l'un s'avançant vers moi......
C'était un exempt , porteur d'un ordre du Roi , pour m'arrêter.

A peine m'a-t-il fait comprendre a mission , que je veux sauter sur mon épée ; mais ces gens-là connaissent la vigueur avec laquelle on défend sa liberté , et sont accoutumés à prendre les précautions qui peuvent en ôter les moyens. Déjà ils s'étaient emparés de mon épée, de ma canne, même de mon couteau, qui était là sur une table. -- « Mon- » sieur, » me dit l'exempt , sans s'émouvoir , « vous faites d'inutiles » efforts. Ils n'aboutiraient qu'à » nous forcer à un parti violent.

» Si vous êtes coupable, une vaine
» résistance ne vous absoudra pas.
» Si vous êtes innocent, il n'y a
» que votre bon droit qui puisse
» vous servir ».

Je te passe les détails d'une scène
qui ne me fit rien obtenir, pas
même la permission d'écrire à Josephine. Il me fallut partir sans in-
former de mon sort le seul être
pour qui je respire, et mon désespoir n'en fut que plus affreux.

Sans cesse occupé de cette fille
adorée, des peines que ma longue
absence allait lui causer, des craintes,
peut-être des conjectures auxquelles
elle pourrait se livrer, à chaque
pas que je m'éloignais d'elle, je
sentais ma fureur se renouveller.

Vingt fois, dans la route, je fus tenté de me jeter sur l'exempt.... Mais les deux autres étaient là. D'ailleurs, cet homme ne faisait que son devoir. Pourquoi l'aurais-je rendu l'objet de ma vengeance ? Il n'était pas l'auteur de mon malheur. Eût-il été seul, cette réflexion, que je faisais en même tems, m'aurait toujours retenu.

Je me laissai donc conduire ; et, me rendant la seule victime de mon déséspoir, je fis la route entière sans vouloir me reposer un seul instant, sans prendre aucune nourriture.

Dieu ! De quel effroi je fus saisi, lorsque ce pont-levis, abbaissé pour mon passage, se releva derrière moi

avec un fracas épouvantable ! lorsque
j'entendis crier , sur leurs gonds
rouillés , ces portes hérissées de
fer ! lorsqu'au milieu d'une garde
imposante , je traversai ces voutes
silencieuses , dignes avenues d'un
séjour d'horreur ! enfin lorsqu'arrivé
dans la chambre qui m'était des-
tinée !.... Au bruit aigre et déchirant
de quatre verroux démesurés , et
du triple pêne d'une serrure énorme ,
succéda , tout-à-coup , le calme
glaçant des tombeaux.

Alors je me laissai tomber presque
sans connoissance : mais aussi-tôt, me
relevant avec impétuosité , je m'é-
lance contre la porte ; et , me
cramponnant aux barres de fer qui

la garnissent, et faisant les plus grands efforts, comme si j'eusse pu espérer d'arracher cette masse immobile ; inondé de sueur ; me meurtrissant les mains ; rugissant comme un lion...... Bientôt exténué de fatigue et de douleur, je me prens à moi-même de l'inutilité de ma tentative, et, m'arrachant les cheveux....

Cependant j'entens de nouveau l'effroyable bruit des verroux. La porte s'ouvre ; des gardes se présentent. C'est pour me conduire au gouverneur. Je les suis, ou plutôt, je les précède : la ridicule idée de l'atterrer par mes reproches, de l'épouvanter de mon désespoir, précipitait mes pas.

Par-tout

Par-tout ailleurs, en effet, j'aurais inspiré de la terreur. Le visage enflammé, les mains déchirées, les cheveux en désordre, le col défait, la poitrine nue, le regard étincelant..... Je ne sais ce qu'il me dit d'abord. N'écoutant rien, accumulant sans ordre les expressions les plus forcenées, je demande à grands cris de quel forfait on m'accuse, quel est le monstre qui a osé m'en imputer un.... — « Monsieur, » me dit le gouverneur, » cet emportement ne parle pas en votre » faveur ; un innocent est plus » calme. — Plus calme ! » m'écriaije. « Oui, quand il est seul dans » la nature, il peut, appuyé sur

» sa conscience, attendre les retours
» incertains d'une justice tardive ;
» mais celui que l'on arrache de la
» tombe, à peine fermée, d'un
» père qu'il chérissait ! Celui que
» l'on enlève à son amante ! Celui
» que l'on sépare du seul être
» pour lequel il respire ! Celui
» qui voit briser impitoyablement
» tous les liens par lesquels il
» tient à la vie ! Vous voulez qu'il
» souffre tant de maux avec rési-
» gnation ! Victime d'une injustice
» atroce, il n'osera pas se plaindre !
» Révolté, furieux, ne respirant
» que vengeance, ses discours seront
» modérés ! La rage sera dans son
» cœur, et il paraîtra calme !.... »

Le gouverneur voulut me faire quelques observations : elles ne servirent qu'à me donner un nouvel accès. Il lui fallut prendre le parti de remettre à un autre moment les questions qu'il avait à me faire.

On me reconduisit à ma chambre. C'était l'heure du repas du soir. Comme j'entrai, on m'apportait le mien ; on me le présenta. — « Eh ! » bourreau ! » m'écriai-je, « ce n'est » pas vivre que je veux ; c'est » sortir ». En même tems, je me jette sur lui ; je me saisis de ce qu'il porte ; et , le lançant avec vigueur contre la muraille, je couvre d'alimens et de débris de vaisselle le plancher du corridor.....

— « Ma foi, tant pis pour vous, »
me dit mon conducteur avec un
sang-froid dédaigneux et irritant ;
» et, puisque vous faites le mauvais,
» vous n'aurez seulement pas de
» lumière ».

En effet , à peine suis-je entré,
ma porte se ferme , et je me trouve
tout - à - coup dans une obscurité
profonde.

O mon ami ! de quelle nouvelle
terreur je fus frappé , lorsque,
plongé dans les ténèbres , j'entendis
se perdre dans l'éloignement, les
pas de ceux qui m'avaient amené !
Un frisson mortel me saisit ; je
tombe à genoux, et j'adresse à l'être
suprême les plus ferventes prières.

Alors deux ruisseaux de larmes vinrent mouiller mes joues brûlantes. Je sentis la nécessité de me conserver à Joséphine : mon inutile fureur se changea en une douleur profonde ; et la nature , épuisée par tant de secousses, me contraignit à chercher du repos.

Je parvins à trouver le lit ; mais, Dieu ! quelle nuit ! Le tonneau de Regulus n'était pas un supplice plus horrible.

Le lendemain , une fièvre brûlante, accompagnée, pendant quinze ou seize heures , d'un transport si violent, que quatre hommes très-forts eurent besoin de se relayer sans cesse, pour en arrêter les effets.

Q 3

Ensuite , plusieurs jours de déraison , telle que l'on me crut décidément et pour toujours en démence.

Enfin sept ou huit semaines entre la vie et la mort.

Dans ces différens états, tous mes discours , m'a-t-on dit , roulaient sur trois idées , que je présentais d'une maniere plus ou moins incohérente ; -- Mon père, quelquefois toi , mon ami, et presque toujours Joséphine.

Lorsque je fus en état d'apprécier ce que l'on faisait pour moi , mon cœur joignit aux êtres qui lui sont chers, le digne aumônier de ce château. Exact par devoir , sévère dans les formes, il n'en est pas moins, dans le fond, sensible et compatissant. Mes souffrances l'ont d'abord intéressé. L'ame véhémente, mais saine, que j'ai développée dans ces momens de délire qui ne permettent pas la feinte, l'a prévenu en faveur de mon innocence. Il m'a prodigué les soins les plus affectueux, m'a offert les délicates consolations de la sensibilité, et, sous tous les aspects possibles, a adouci ma situation autant qu'il dépendait de lui.

Malheureusement les motifs de ma détention étaient ignorés. Les questions que le gouverneur devait me faire, lorsque j'arrivai, n'avaient d'autre but que de la constater. De mon côté, je ne pouvais soupçonner de quel crime la calomnie m'avait chargé. Ainsi, pour songer à ma justification, il fallait attendre les lents résultats des démarches que cet homme respectable fit avec tout le zèle que la vertu met à servir l'innocence.

Je ne te répéterai pas dans quelles angoisses se sont traînés tant de siècles passés loin de Joséphine, sans pouvoir même lui écrire. Le dépérissement de mon être qui n'avait plus l'énergie nécessaire au désespoir, les bontés délicates et soutenues du compatissant aumônier, les entretiens fréquens de ce digne ecclésiastique, dont les discours pleins d'onction me donnèrent autant de résignation qu'il était possible...... Je n'étais plus furieux; mais une noire tristesse me consumait; et, en voyant les jours se succéder, sans appercevoir celui qui me rendrait mon amante, je voyais aussi la douleur me miner de plus en plus, et me conduire à un marasme effrayant.

T'en décrire les progrès successifs, ce serait te faire trop souffrir. Je vais me borner au récit des événemens.

Un changement de ministre retarda l'effet des premières démarches que le bon aumônier fit faire pour moi, et qui ne pouvaient être que lentes , par la nécessité d'employer des intermédiaires. (Ce brave homme mettait en jeu ses plus puissantes protections).

Enfin j'appris que j'étais accusé de trahison envers ma patrie , moi que tu sais. . . . . Mais j'ai promis de me borner actuellement à un récit que je ne finirais jamais, si je me livrais aux impressions qu'il me fait éprouver.

J'étais donc accusé d'avoir trahi ma patrie , en faisant passer à un ingénieur prussien des renseignemens importans sur plusieurs de nos places fortes. Je ne concevais rien à une telle accusation : je niai. L'aumônier fit agir de nouveau ses protecteurs;

ils finirent par répondre que le
ministre avait en main des preuves
péremptoires. J'en demandai com-
munication; c'était presque demander
l'impossible. Cependant mon digne
ami plaida ma cause avec tant de
suite, de chaleur, d'opiniâtreté,
qu'après des délais infinis, il obtint
que l'on enverrait au gouverneur
les titres contre moi. Que devins-
je, ô mon cher Dorval ! lorsqu'ils
me furent présentés !

Tu sais que, par la place qu'il
occupait, mon père devait connaître, dans le plus grand détail,
les fortifications de nos frontières.
Me destinant à courir la même
carrière que lui, il m'avait d'abord

fait faire un extrait raisonné des matériaux considérables qu'il avait réunis sur cet objet. Il en était résulté quatre gros cahiers, que je tenais enfermés dans un secrétaire particulier.

Il y a trois ans que, pendant une absence de mon père, un ingénieur prussien, qui vint passer plusieurs semaines dans notre ville, se lia avec moi, et me vit assez fréquemment. Il fit bien quelques tentatives pour m'engager à parler des objets dont, avec raison, il me croyait instruit ; mais elles furent si mesurées, que je ne pouvais en concevoir aucune défiance. D'ailleurs, il les cessa, dès qu'il jugea

gea qu'elles seraient sans succès.

Quand il fut parti, il m'écrivit de ces lettres de simple politesse, auxquelles un étranger doit se croire obligé envers ceux qui l'ont accueilli pendant ses voyages. Je lui fis les réponses d'usage ; et notre correspondance fut bientôt à sa fin.

Juge, mon ami, à quel point je fus atterré, lorsqu'on me présenta mes cahiers adressés à ce même ingénieur, arrêtés à la poste, et envoyés au ministre.

La suscription n'est pas de mon écriture ; mais le reste est bien mon ouvrage lui-même. Ma liaison avec celui à qui le paquet était adressé, ma correspondance avec

Tome I.   R

lui, et qui, d'après l'envoi de mes
cahiers, ne pouvait que paraître
criminelle, tout avait été rapproché,
tout me condamnait ; et moi-même
j'ai été forcé de convenir que, sur
de telles apparences, il était difficile au ministre de ne pas voir en
moi le plus infâme traître.

Mais, pendant que j'acquérais la
connaissance du crime dont j'étais
chargé, et dont je n'appercevais
aucun moyen de justification, découverte affreuse qui me livrait à ce
désespoir morne et concentré qu'une
mort prompte aurait terminé ; dans
ce même tems, le Ciel, protecteur de
l'innocence, entendait mes prières,
et cet horrible mystère fut éclairci.
En voici l'explication.

Baptiste (le domestique que tu m'as vu) avait un frère, valet d'hôtellerie, qu'il allait voir souvent. Un jour, en arrangeant pour lui la chambre d'un étranger, il trouve sur la table des plans de fortifications, s'amuse a les examiner. L'étranger le voit, lui demande s'il y connaît quelque chose. — « Pardi ! oui , » dit Baptiste, » mon véritable maître » en fait bien d'autres ». Et il me nomma. — « Quoi ! c'est là ton » maître » ! — Oui, Monsieur ; et » c'est celui-là qui sait le fond et » le très-fond de nos fortifications, » à cause des papiers de son père, » qu'il a étudiés , et copiés en ca- » hiers. Je les en ai entendu parler

» ensemble. J'ai même vu et touché
» les cahiers, et je fais bon qu'il n'y
» a pas le pareil ouvrage au monde
» sur cette matière-là. -- Voudrais-
» tu gagner cinquante louis ? -- Oui
« dà. -- Eh, bien ! tâches de me pro-
» curer ces cahiers : voilà cinquante
» beaux louis d'or. -- Mais, Mon-
» sieur..... -- Songe donc que cela
» fait douze cents francs. -- Ma
» foi ! Monsieur, vous me tentez,
» et je verrai ce que je pourrai
» faire «.

Le même jour, le traître subtilise
mes clefs d'autant plus aisément,
que j'étais retenu au lit par ma
santé, dérobe mes cahiers, les livre
à l'étranger auquel il croyait ne les

prêter que pour quelque tems,
mais qui ne veut plus les lui rendre,
et qui, au contraire, les fait passer en
Prusse, précisément à ce même ingénieur dont je t'ai parlé.

A cette époque, arrive le bouleversement de ma fortune. Ne pouvant plus garder Baptiste, je le
renvoie.

Cependant la grosseur du paquet,
l'état de celui à qui il est adressé,
quelques mots qui se lisaient à travers le papier trop fin de l'enveloppe, donnent des soupçons à la
poste. On examine, on s'assure,
on envoie au ministre. Mon écriture,
très-connue dans les bureaux, parce
que, depuis long-tems, j'écrivais ce

R 3

que mon père avait à y remettre,
les renseignemens que l'on prit,
tout enfin m'accusait péremptoire-
ment.

Lorsque Baptiste sçut que j'avais
été arrêté, il en devina aisément la
cause, et commença à éprouver des
remords. Mais qui sait combien de
tems il les aurait combattus, sans
une forte maladie à laquelle il a
succombé ? Ils sont devenus plus
poignans à mesure qu'il sentait em-
pirer son état. Enfin, forcé de leur
céder, il a appelé un notaire, des
témoins, a fait, de la manière la
plus authentique, la déclaration
dont tu viens de lire la substance.

Elle aurait dû me valoir tout

de suite mon élargissement. Mais non. « La prudence exigeait une
» marche mesurée. On ne pouvait
» pas s'exposer légèrement à rendre
» libre un homme qui avait été
» soupçonné de trahison. Il fallait
» s'assurer de la vérité par tous les
» moyens possibles ».

Qui sait de combien encore ces recherches auraient prolongé ma captivité ? Mais la bonté du Ciel venait de placer sur le trône ce jeune Monarque qui , ne voyant dans ses sujets que des enfans chers à son cœur, ne veut leur offrir , dans leur Roi, que le père le plus tendre. Ses premiers regards se sont portés sur les prisons d'État. Déjà

on parle d'en démolir. En attendant , il a ordonné les informations
les plus exactes sur les malheureux
qu'elles renferment.

Mon bon aumônier n'a pas manqué
de redoubler de zèle. Bientôt mon
innocence a été reconnue ; et ma
liberté est sûre. Il ne manque plus
qu'un ordre officiel. On l'attend
d'un moment à l'autre, et je tâche
de charmer mon impatience en
t'écrivant (1).

Mais ce n'a pas été dans les
premiers momens que je l'ai pu :
ils ont été absorbés par des trans-

_____

(1) On pense bien qu'il a commencé
par écrire à Josephine.

ports qui, en vérité, ressemblaient à de la folie. Embrasser mon libérateur coup sur coup, et si rapidement que je ne lui laissais pas le tems de respirer ; commencer vingt phrases, sans en finir une seule ; courir après lui, pour recommencer et mes étouffantes accolades et mes phrases morcelées ; vaguer comme un éperdu dans toutes les parties du château dont l'accès m'est permis ; arrêter ceux que je rencontre ; serrer la main à celui-ci, à celui-là ; distribuer de l'argent à ceux qui m'ont servi ; conter ma joie à tout le monde ; aller dix fois, dans un quart d'heure, voir la porte par laquelle je dois sortir ; monter sur

les terrasses , pour m'orienter vers
le pays qu'habite la moitié de moi-
même ; croire que je distingue l'air
qui en vient ; l'aspirer avec volupté.......

L'heure de la retraite m'a forcé
de rentrer dans ma chambre. C'est
alors que je me suis mis à t'écrire.
Ma lettre est bien longue ; et cependant que de détails intéressans
j'ai dû omettre ! Juges-en, puisque
j'ai manqué à te dire une de mes
peines les plus cruelles.

Pendant ce violent accès de fièvre
que j'ai eu à mon entrée ici, je
tenais le portrait de Joséphine.....
Plutôt que de me l'arracher, on
m'aurait déchiré par lambeaux.......

Helas ! la sueur , les larmes , la force avec laquelle je le serrais.... Il ne m'est resté que des débris d'ivoire , sans aucune trace de couleurs.

Quoique ce ne fût qu'une froide image , auprès de celle qui est dans mon cœur , mes yeux n'en étaient pas moins avides ; et , dans ma situation, ce dédommagement m'aurait encore été plus précieux.

Aussi ne puis-je te dire de quel prix fut pour moi un reste de crayon que je trouvai dans mes poches , et que j'employai à faire sur le mur une esquisse de ces traits adorés. Aussi le service que le bon aumônier me rendit à cette

occasion, fut-il un de ceux qui me
touchèrent le plus. Il ne pouvait
me donner ni plume, ni encre, ni
papier ; mais, voyant que je savais
dessiner, et que la muraille me
suffisait, il obtint du gouverneur
la permission de faire disposer à
mon gré celle de ma chambre,
et de me procurer un assortiment
de crayons (1).

Si l'infortuné, que le sort destine

_____

(1) Sans doute l'aumônier, dans toutes
les preuves d'intérêt qu'il donne à Saint-
Alme, a l'approbation, au moins tacite,
du gouverneur. Sans cela..... Mais Saint-
Alme l'ignore, ou sa vivacité (il vient
d'en convenir lui-même) ne lui permet
pas d'entrer dans tous es détails.

à

à me remplacer ici, plaint celui qui l'y aura précédé , il pourra aussi envier son bonheur : il verra par-tout le portrait de Joséphine.

Une heure après.

C'EST mon digne libérateur qui m'a interrompu. Cet homme bien-faisant avait pensé pour moi a l'embarras où je pourrais me trouver en sortant d'ici , et venait m'offrir sa bourse. Ce dernier trait m'a véritablament oppressé. Je n'ai pu que balbutier quelques mots ; mais les larmes qui mouillaient mes pau-

Tome I.   S

pières ont suppléé au défaut d'expressions.

En dernier résultat de calculs ,
(et nous les avons faits ensemble)
il s'est trouvé que j'avais assez de
ce qui me restait. J'ai parconséquent
refusé son offre ; mais je l'ai prié
de m'accorder en échange une preuve
d'amitié ; c'est la permission de
faire , et d'emporter une copie de
son portrait. Il a été touché de ce
desir , s'y est prêté avec sensibilité ;
et je vais sur-le-champ me mettre
à l'ouvrage. A présent que j'ai dé-
posé mes peines et ma joie dans le
sein de mon ami , à quoi puis-je
mieux employer les derniers momens de ma captivité , qu'à me

procurer , pour en jouir sans cesse,
les traits du mortel généreux qui en
a adouci les rigueurs , autant que le
devoir le lui a permis ?

BILLET

Ajouté à la lettre précédente.

Du même endroit ,

Le 1 Mars 1775.

ME voilà libre. Je vole à mon amante. Fasse le ciel !..... D'abord absorbé par la joie de voir finir ma captivité , comme si , après une coupe aussi amère , je ne pouvais plus rien avoir à redouter , il ne s'est présenté à mon imagination que des idées de bonheur. A présent la crainte vient les empoisonner.

Mon cœur est froissé..... Une foule de pressentimens.... Adieu, Dorval. Prie le ciel qu'il n'ajoute pas de nouvelles peines à celles dont il a si long-tems accablé ton ami,

SAINT-ALME.

Fin de la première Partie.

www.ingramcontent.com/pod-product-compliance
Lightning Source LLC
Chambersburg PA
CBHW051820020726
47502CB00005B/1551